ソノラマ文庫

てんしょう　ぎ

天象儀の星

秋山　完

朝日ソノラマ

目次

イラスト／草彅琢仁

天象儀(てんしょうぎ)の星

プラネタリウム――

この国の言葉では〝天象儀（てんしょうぎ）〟と訳される。半球状のドームの内側に人工の星空を投影する仕組みで、博物館の教育器械としてつくられた天体運行装置だ。

その昔……。

ヨーロッパ大陸を席巻（せっけん）した第一次世界大戦が終わって間もないころ、ミュンヘンに世界最大級の科学博物館が建設された。

ドイツ博物館（ドイッエ・ミューゼアム）。

この博物館は、途方もない目標を掲げていた。あらゆる科学の分野を、実物か、それとも実物とまったく同じ大きさの、しかも動く模型で展示しようというのだ。

最新型の自動車が、航空機が、巨大な発電機やディーゼルエンジンが、そして輪切りにされた潜水艦が、この博物館に運び込まれた。陳列（ちんれつ）し、照明を当て、解説を書いたプレートがぶら下げられた。

しかし。

天文学だけは、それができなかった。

天文学の研究対象は、夜空に輝く星々だ。

あまりにも大きな、あの無限の天球を、いったいどうすれば博物館の展示室に収めることができるのだろうか。しかも夜でもない、真昼の博物館に。

これは科学者ではなく、まるで魔法使いの仕事であるかのように思われた。

ドイツ博物館の館長、オスカー・フォン・ミラーは、この難題をハイデルベルク天文台のマックス・ウォルフ天文台長に依託した。

ウォルフは設計図を描いた。

夜にしか現れない天球の星々を、真昼の博物館のドームに入れてしまう、魔法の器械の設計図を……。

その設計図は、カール・ツァイス光学会社の技師長、ワルター・バウエルスフェルト博士に渡された。

魔法の図面は、バウエルスフェルト博士の手によって、歯車とレンズとボールベアリングの精緻な構造体に仕上げられた。それはツァイス社の工場で、十六個のレンズの眼を持った球と、複雑なかご状の円筒をつないだ形に組み立てられていった。

こうして完成したプラネタリウム投影機――すなわち天象儀は、一九二三年に同じものが二台つくられた。一台はドイツ博物館の十メートル・ドームに、もう一台はイエナ市にあるツァイス工場ビルの十六メートル・ドームに設置され、市民に公開された。

第一次世界大戦に敗北し、疲れきっていたドイツの人々は目を見張った。

そこには心なごむ星空があった。照明が落ち、暗がりの中に天象儀の眼が光ると、漆喰やリネンを張ったそっけない白いドームに、満天の星野が生き生きとよみがえっていた。

人々は星空を見上げた。ほんのひとときだけど、明日のパンの心配と、果てしなく続く暗夜のような生活を忘れさせる魔法の輝きが、その星々にあった。

魔法の星空を求める人々は、ほかの国にもいた。都市をきらびやかに彩る電気の輝きによって、夜の星空を奪われた人々が、あるいは生活苦と戦乱の暗雲によって心の星々の輝きを奪われた人々が……。

こうしてドイツは世界で初めて、星空を輸出した国になった。

その後、ツァイス社は同じ型の天象儀をつくり、世界各地の科学博物館へ送り出したのだ。次の大戦で中断される一九三九年までに二七台の大型機が製作され、あるものは大洋を渡ってはるばると、この国にも運ばれてきた。

そのうちの、一台。

ツァイス26号機。

それは戦争で失われた……。

＊

星空のもと、白銀の戦士は飛ぶ。

四基のライト・サイクロン・エンジンは咆哮し、白い雲の航跡を曳いている。三翅のプロペラは厚い大気を切り裂き、その先端に青白い光の花束を飾っていた。セントエルモの火だ。銀色のジュラルミンの鎧に身を包んだこの戦士は、残酷な武器を懐に抱いて、さわやかな初夏の夜空を飛翔している。

戦士の名は〈アナベル〉。

乗り組みの飛行士たちが、この爆撃機の機首にペイントしたニックネームだ。

彼女の武器は、地表に叩きつける炎の剣。E46インセンディアリー・クラスターと呼ばれる爆弾。それはナパームをぎっちりと充塡し、爆弾倉で投下のときを待つ八十本の集束焼夷弾だ。その一本で幅五百フィート、長さ二千五百フィートの地表を火の海にできる。

〈アナベル〉は傷ついていた。シリアルナンバー1003を記した尾翼と機体の下腹に、小さな穴が幾つか空いている。数分前に、敵の夜間戦闘機の射撃を振り切ったばかりなのだ。

ぼくは、コクピットの前に突き出したガラスの鼻面のような展望窓から夜空をながめやる。外がよく見えるように、機内は真っ暗だ。

敵機の姿はない。

空には満天の星々。

ぼくはこの席が好きだ。ここからは星が近く、手を伸ばせば星くずをすくえそうだ。

高度が落ちていく。

間もなく、敵の大都市だ。

「見えるか？」機長が、爆撃照準席のぼくに背中から声をかけた。「さっきの空中戦で爆撃用レーダーをやられちまった。光学照準でいくしかない。きみの肉眼だけが頼りだ」

大丈夫です、アレン機長——とインカムで答え、ぼくは暗視モードにした新型の照準器を調整する。

地表は漆黒だ。闇に包まれて眠っている。

〈アナベル〉はすでに海上からこの島国の奥へ深く進入していた。

『先導機のビーコンをキャッチ。攻撃開始点に到達しました。飛行コース変更』

航法士の声がインカムに響く。

機体が傾ぐ。大きく右旋回。

星々が一斉に左へと流れた。

ぼくの身体とともに星座が回る。

『進路、真東』

地表には安らかな眠り、天には星座。

頭上に白鳥座、ほぼ正面にペガサス。

左右の地平から天頂へとかかるミルキーウェイの巨大なアーチをくぐって〈アナベル〉は飛ぶ。爆音が眼下の家々に木霊し、風を呼ぶ。

「時間だ！」

機長が叫ぶ。

ペガサスの上にまばゆい星座が生まれた。先導機が投下した焼夷弾だ。

それは中空で細かな爆弾に分裂し、ひとつひとつがナパームの火焔(かえん)を曳いて小さな流れ星の雨になる。

炎の雨は真っ暗な地表に吸い込まれるまでに、刹那(せつな)、空飛ぶ戦士たちを照らし出す。〈アナベル〉と同じ銀色の爆撃機が、同じ高度に層をなしている。数百機ものそれは延々と翼を重ね合い、空中に金属の地平線をつくっていた。

ぼくの目は地表をねらう爆撃照準器に吸いつけられている。レンズの視野には、焼夷弾の炎にうっすらと浮き立つ数条の線。東へと向かう鉄道のレールが光を反射して〈アナベル〉を投下点へと導いてくれる。

ぼくの左手はゆっくりと、照準器の投下ボタンの安全カバーを外す。

「爆弾倉、開放」

ごうん！　爆弾倉の扉(とびら)が風を切る音。

〈アナベル〉は炎の剣を鞘(さや)から抜き放った。地表に向けて振り下ろすまで、あと一分もない。

「投下点確認」

照準器のレンズからぼくの目に映るのは、灯火管制で明かりを消した都市のビル街だ。建物の凹凸が、ほかの機から投下された焼夷弾の火炎にくっきりと影をなす。

正面の市街地に、ぼくは焼夷弾の投下点を探す。高空からも見つけやすい特徴のある建物が目印に選ばれていた。

見えた！

正面下方、屋上に銀色のドームを載せた建物に視線を集中する。

爆撃の目印だ。天文科学館。

ぼくの左手に力が入る。

――いけない！

突然、声がした。ぼくはびくっと緊張し、肩を震わせる。だれなんだ？　耳に聞こえた声じゃない――ぼく自身の声だ。他人の声じゃない。

まさか、幻聴だろう？

だが、ぼくはもう、死の剣を振り下ろす機械の一部になっていた。自動的に指が動く。

――お願い。爆弾を落とさないで！

今度は、悲鳴に近い少女の声。

「えっ？」

ぼくは思わずたじろぐ。左手が引きつる。

だが、間に合わない！

すでに左手は投下ボタンを押し込んでいた。

〈アナベル〉の爆弾倉から一斉に、八十本の集束焼夷弾が落ちる。その一本一本が四十八発の小型焼夷弾に分裂し、ナパームに発火する。落下速度をゆるめるリボンを曳きながら、地表へと炎のカーテンをたなびかせていく……。

そのとき。

強烈な光。目がくらむ。

ぼくは照準器のレンズから、がばっと顔を起こした。

炎じゃない！　これは……。

空から闇が消えていた。

その瞬間、ぼくは見た。

渦巻く光。真昼よりも明るく世界を照らす星々。闇よりも星の多い夜空を。

ぼくは光の洪水に呑(の)まれる。

この地球にあり得ない星空だ。

信じられないほど密集した星々。

星座の形がわかる。星々のきらめきが壮大な点描画となって、目の前に浮かび上がる。

天使だ。

七つの金の燭台(しょくだい)に囲まれて舞っている。

髪の毛は雪のように白く、目は燃える炎のようだ。右手に七つの星を掲(かか)げ、足は金色にまばゆく輝いている。そして、顔は慈愛(じあい)に満ちてやさしかった。

美しい。ぼくは天使に手を差し伸べる。

その美しさは束の間だった。

〈アナベル〉の炎の剣が地表の建物を焼きつくしたとき、それは消えた。

一瞬にして、ぼくは闇の中に戻った。

同時に、胸を焼く悲しみ。

ぼくは知った。

ぼくの左手は、地上にあったとても大事な何かを抹殺してしまったのだ。

もう、二度とあの星座は戻らない。

ぼくは叫ぶ。両目を見開き、口元からインカムを引きちぎって、ぼくは意味のわからない言葉を絶叫している……。

＊

「どうかしました？　お客さん」

タクシーの運転手が、ちらっと振り向いて言った。ミラー越しに、怪訝な視線。ぼくは口に手を当て、漏れ出た叫び声をあわてて押し殺したところだった。

「いや……ごめん。何でもないです。ちょっと眠くなって、悪い夢を見たんだ。時差ボケのせいかな？」

中年のドライバーは、遠慮のない声で笑った。「いや失礼。じつはうちのガキもそうでね。中学生にもなって、授業中に居眠りしては、ぎゃっと叫んで目を覚まして、先生に叱られているんだ。赤ん坊のころから、ひどかったよ。夢を見るたびに泣いたりわめいたり」

「それってきっと、前世の記憶なんですよ」ぼくは真顔で言った。「赤ん坊のうちは、生まれ変わる前の自分の記憶が、けっこう残っているんです。大きくなって言葉を喋るようになると忘れていくんだけど、それでも前世で強いショックを受けたこととか、やり残したことが意識の底に残っていて、白昼夢のようにふっと現れることがあるんですよ。苦しかったこと、悲しかったこと。だから叫んだり、泣き出したりするんです」

「ああ、そうらしいね。最近、多いんだな、そんな人」ドライバーは納得したように肩と首を振った。「うちの家内も同じことを言ってたね。どこの本で読んだんだか、安産で生まれた子供は前世の記憶をよく覚えているんだってさ。お客さんもそうなの？」

ぼくはうなずいた。

「それ、陣痛ホルモンの影響なんですよ。オキシトシンというホルモンで、記憶を消す作用があるんです。安産だとそのホルモンを少ししか分泌しないですむから、生まれてくる子供は前世の記憶を失いにくい」

ドライバーは屈託なくまた笑い、元気づけるように答えた。ぼくが前世の記憶によほど悩んでいるように見えたのだろう。

「まあ、気にしないこったね。人間、生まれ変わるんならだれだって前世の魂が頭のどこかに残っているんだろうし――そうそう、おれの誕生日はジョン・F・ケネディの命日と同じ日なんだ。それならおれは由緒正しいプレジデントの生まれ変わりかもしれないさね。そんなことを真剣に考えたら、やってらんないよ、この商売」そう言ってあくびをひとつ。「世紀末もせまってくると流行るんだな。前世の因縁や輪廻転生。ご先祖の守護霊があの世から化けて出て、今のうちに悔い改めないと世界は滅亡するとかね……」

そうだろうな。でも、ぼくはそのためにこの国へ帰ってきた。前世の記憶に導かれて。

そう思い、ぼくはぼんやりと窓の風景をながめた。

ぼくは、あちらの国で生まれた。

母はこちらの国の人、父はあちらの国の人で、二人とも仕事の都合で今も西海岸のシアトルに住んでいる。

〈アナベル〉が生まれた工場のすぐ近くで。

ぼくはあちらの国で育った。小さいころから星が好きで、天文マニアの友達が多い。

なぜ、星に惹かれるのかよくわかっていた。

前世の記憶だ。

ぼくはあのシーンを覚えていた。爆撃機〈アナベル〉の爆撃照準席で、焼夷弾投下の瞬間に見たあの星空と天使の星座を。

ハイスクールに入学した秋、ぼくは心理カウンセラーに相談したことがある。女性のカウンセラーはたいして驚かず、さっきの安産とホルモンの話をした。ぼくみたいな人がときどき訪れるようだった。

まだ科学的に証明されてはいないけど、生まれ変わりはあると思うわ――と、カウンセラーの彼女は言った。死者の魂が、新しく生まれた人に乗り移り、その人の体内に潜む遺伝子の情報と結びついたとき、不思議な記憶が合成され、心に刷り込まれてしまうことがあるものよ――と。

生まれ変わりが事実なら、前世のぼくは第二次世界大戦の終わりごろにこの国を空爆した戦略航空軍の飛行士だったようだ。もう半世紀も昔のことね、と言い、彼女は机のパソコンで公文書館のデータにアクセスしてくれた。

同じ機体ナンバーの爆撃機は見つかった。データによると、その機体は戦争末期にサイパン島を飛び立って、この国の都市を何度も空襲していた。それがたぶん〈アナベル〉なんだろう。でも爆撃機のクルーは何度も交替していて、だれが前世のぼくなのか見当はつかなかった。それ以上の資料は公開されていない。

カウンセラーは、もしもその記憶が心の負担になるなら、忘れさせてくれる薬もあるわ――と、アドバイスしてくれた。

でも、ぼくは断った。

前世のぼくがだれだったかはどうでもいい。それよりもぼくの心に引っかかっていたのはあの星空だ。あれは忘れたくない。

七つの金の燭台に囲まれ、右手に七つの星を掲げた天使の星座……。

ぼくはふと思いついて、天文雑誌のホームページに自己紹介のメールを送った。前世の記憶の話をすると変人扱いされるかもしれないと思ったので、『小さいころ、東の夜空に天使の星座を見つけたような記憶があって、今もその星座を夜空に探しています……』と無難に脚色して。

海の彼方から返答があった。

この国の女子大生だった。

『その星座は、私もよく知っています。七つの燭台の間に立つ、七つの星を掲げた天使です。詳しいことは、お会いしなければお話しできませんが……こちらの国へこられる機会があったら、ぜひお立ち寄り下さい』

彼女の名前は佐野真弓。

ハイスクールの最後の夏期休暇を待って、ぼくは彼女に会うことにした。

シアトルから成田へ飛び、そこから国内線で地方空港へ。そしてこのタクシーで、湖畔に沿った小さなこの街へ。

この街に佐野真弓は住んでいる。

*

太陽が西へ深く傾いて、湖のおだやかな水面を金色に染め上げていた。僕は湖畔にひときわ高くそびえるリゾートホテルでタクシーを降り、急ぎ足でロビーに入った。彼女との約束の時間に少し遅れていた。

ぼくは今夜、このホテルに泊まることにしており、彼女とは最上階のラウンジで待ち合わせをしていた。

汗ばんだTシャツ姿で、いそいそとチェックインの手続きをするぼくに、フロント係が手書きの伝言メモを渡してくれた。

『……急に用事ができて、一時間ほど遅くなります。ごめんなさい。その間、ホテルの向かいの天文科学館でプラネタリウムをご覧になってはいかが。最終回の投影に間に合うと思います』

彼女を待たせたのではなかったので、ほっとして、気分にゆとりができた。

ロビーの大きな窓越しにながめると、通りの斜め向かいに灰色の暗い建物が銀色のドームを載せて、うずくまっていた。背の高いこのホテルが湖の岸に落とした長い影にすっぽりと包まれて、そこだけが一足早く夜を迎えようとしていた。

ぼくは星を見たいと思った。

＊

そこは古びた天文科学館だった。常設展示のフロアは閉まっていたが、屋上のプラネタリウムは、夕方の投影を見にくる客のためにドームの扉を開けていた。

その扉には毛筆で右から左に〝天象儀館〟と書いた小さな札が打ちつけられていた。ここの天象儀——プラネタリウム投影機が大変な年代ものであることは間違いない。扉の脇に、投影機の写真が飾ってあった。縁のはがれた、黄ばんだモノクロ写真のパネル。もう、どこの科学館でもお目にかかることのなくなった、古風な鉄亜鈴型の投影機だ。

観客は少なかった。ぼくのほかには幼稚園くらいの子供が数人と、その母親たち。近所の顔なじみで、子供にせがまれて連れてきたという感じだった。

ぼくは一人で、天象儀にいちばん近い席に座った。

天象儀は子供たちのざわめきとは無関係に、ドームの中央で彫像のように立っていた。レンズの目玉を十六個ずつつけた、二個の球体。一個は地球の北半球、もう一個は南半球から見える星空を投影する。球と球をつなぐ、かご状の胴体には歯車とシャフトが複雑にからみ合い、その隙間から八方に太陽系の惑星を投映するレンズを突き出している。

ここには十九世紀の科学の香りが漂っていた。霊感を受けた発明家が定規と分度器とコンパスで図面を描き、職人が鍛冶場で鉄を鍛え、ハンマーと鋲で偉大な器械に生命を吹き込んだ時代の空気が。

天象儀のシルエットは、ぼくに何か宗教的なシーンを思い起こさせた。この器械はどこか不思議な世界から訪れた異形の伝導師で、長い旅を終えて、ここに足を休めたといった雰囲気だった。

ドームの照明が少し落とされた。席に落ち着かない子供たちが母親に小声で叱られて、静かになる。

「プラネタリウムへ、ようこそ」

若い女性の、きまじめな声が響いた。ドームの片隅につくられた解説台で、天文科学館の学芸員が一人、天象儀の操作盤に手を置いて説明を始めた。

日没、たそがれ。この場所だけ時の刻みが早まり、夕映えが天を染める。

彼女が操作盤のつまみをいじると天象儀の眼が微光を放ち、ドームに今夜の星空を映し出した。地平は闇に沈み、漆黒の空に星々が散りばめられる。

ぼくは目を大きく開いた。数千個の光点のひとつひとつが鮮やかで、バックの闇はあくまでも暗く、果てしない奥行きが感じられる。透明な真空が、そこにたゆたっているかのように。

半球型のドームに、人工的に演出された夜空とは思えなかった。

ぼくはシアトルのプラネタリウムで、何度も星空を見たことがあった。けれど、ここの星空は、ぼくがこれまでに見た、いちばん上出来の星空だった。

僕は首をねじり、解説台の女性学芸員と天象儀のメカニズムを代わる代わるながめた。彼女は古めかしい事務服を着ていたけど、その雰囲気は素人っぽく、両肩にかかった髪の編み方が、不思議に幼く見えた。ぼくと同じ年ごろだろうか。学生のアルバイトみたいだ。

それでも彼女の解説は流暢で、マニュアルを見ずに、生の声で語っていた。

天象儀はシアトルの科学館にあるような、コンピュータによる完全制御ではなく、映像を替えるたびにスイッチを切り替えねばならない半手動式だった。僕はちょっと驚き、そしてここが気に入った。ドームを彩る星空はコンピュータが合成したものではない。彼女の手づくりの〝作品〟なのだ。

それなら彼女の行為は、ルネサンス期の画家たちが、教会のドームに荘厳なフレスコ画を描くのと同じ意味があるのかもしれない。

彼女のような仕事がこの世にあったことをすっかり忘れていたことに気づき、ぼくは彼女がうらやましくなった。彼女は毎日ここで自分だけの星空をつくり、黙々とその美しさに磨きをかけてきたのだろうか。

星空に小さな矢印が浮かんだ。彼女は片手に懐中電灯のような器具を持ち、ほそく絞った光のタクトで星座の形をなぞった。

「これが北斗七星——おおぐま座です。七つの星のこのふたつを結んで、その長さを五倍に伸ばすと北極星が見つかりますね。この星は二等星で、こぐま座の仲間です。二匹とも、熊にしてはずいぶんと尻尾が長いでしょう。というのは、神様がこの尻尾をつかんで力いっぱい、天に放り上げたからなんです……」

ぼくの心の中で、いつの間にか彼女の言葉はぼやけ、思い出の中に溶けていった。注意して説明を聞く必要はなかった。ここにあるのはすべて、ぼくが会ったことのある星ばかりだったからだ。

夏が訪れるたびに、ぼくの育った国の空で。

＊

去年の夏、ぼくはオクラホマの友人の家まで、バイクの一人旅に出た。

陽の暮れた州道を飛ばすとき、僕の左右には一面に、よく育った牧草がけば立ったカーペットのように広がり、暗がりにぼやけていた。田舎道には街灯がなく、代わりに月が照らしていた。月でさえ、まぶしかった。月のない夜は、空高く満天の星が、無限遠に焦点を結んでいた。

ぼくはときおりバイクを道ばたに止め、首が痛くなるまで星空を見上げた。毎年、夏になると出会うなじみの星座たち。熊やさそりや白鳥といった、大きな星座はすぐにわかった。こぎつねや、いるかや、猟犬も見分けることができた。空気は澄み、天の川が、本当に流れていた。山向こうにゆったりと流れ落ちる滝のようなミルキーウェイ。

遠くの国の夜空はどうだろう、とぼくは考える。この国にいても、あちらの国にいても、星座の種類が変わるだけで、ながめる夜空の美しさは同じなんだ、と。

同じ夜空、同じ星々。

そしてぼくは思いにふける。数千年前の人々も、数千年後の人々も、今とそれほどちがわない星空をながめているはずだ。

——太古の人々は、どうやってこの星くずを結び合わせ、そこに星座を描き、伝説を編み上げることができたのだろう。そしてはるか未来の人々も、同じ名前でこれらの星座を呼ぶのだろうか。

ぼくはふと疑問に思った。あの時のぼくは何を見ようとしていたのだろう。ただ当てもなく、空をながめていたのではない。何かを探していたのだ。数えきれないほどの星があった。それでも、何か、肝心なものが足りなかった。

ぼくはあの星空を探していたのだ。

美しい天使の星座を。

夏がくるたび、果てしない星の海に。

＊

気がつくと蛍光灯（けいこうとう）がついていた。星ではなく、ドームの白い天井が視界にかぶさっている。

投影が終わり、観客は雑談しながらドームを出ていくところだった。

ぼくも席を立つ。

扉の前で振り向くと、天象儀はじっとぼくを見下ろしていた。学芸員の彼女は操作盤にうつむいて慎重（しんちょう）につまみを調整している。天象儀はゆるやかに回り、丸い首をもとの姿勢に戻していく。

子供の最後の一人が、ぼくの脇をすり抜けてドームを出た。

ぼくの背後で扉が閉じた。

かしゃり、とかすかな金属音がした。

天象儀の眼が、一斉に輝いた。だれかに突然、うしろから両肩をつかまれたときのように、ぼくは身体をこわばらせた。

天象儀の向こうに火の玉が出現していた。

それは地球を照らす太陽ではなかった。ドームの半分を覆うほどに巨大で、その輪郭ははっきりせず、ゆらゆらと燃え、ぼくをやわらかな光で包んだ。

ぼくは学芸員の彼女を見た。目が合った。彼女はちょっと困惑した顔つきをした。見せるはずのない作品を、うっかり見せてしまったという表情だった。

「……失礼しました」

彼女は手を伸ばして、操作盤のスイッチを切ろうとした。

「切らないで!」

ぼくは叫んだ。今、電源を切ったら天象儀は止まり、この光景は消え、そして二度と現れないことを直感的に悟ったのだ。

彼女は手を止め、ぼくをまじまじと見つめた。ぼくの意志を確かめるかのように。

「この空を……ご覧になりたいのですか?」

ぼくはうなずいた。息をはずませて、シートの背もたれを両手で握り締めて立っている自分に気がついた。その間にも巨大な火の玉は昇り、天を圧した。年老いて肥大し、今や力の衰えた赤色巨星。

彼女は操作盤から手を離したままだった。天象儀は彼女の力を借りずに、ひとりでに動いていた。彼女はこの天象儀が次に何を見せてくれるのかを知っているようだった。

しばらく間をおいて、彼女は言った。

「投影は続きます。どうぞ、おかけ下さい」

*

赤色巨星が天空をよぎり、その半身を地平線に隠すと星々が輝きを取り戻した。巨星が空を押し分けて通ったあとに残した虚無(きょむ)を、無数の輝点がびっしりと埋めていく。

星の天蓋(てんがい)。闇よりも星々の多い夜空。

ぼくは言葉を失う。ここは地球ではない。星が掃(は)いて捨てられるほど密集したどこかの銀河系にある星だ。手を差し伸べると、星々はそこにある。両手でつかむと、指の間から球状星団のかけらがこぼれるだろう。

その輝きはさらに増した。

ぼくはなつかしさに似た強烈な感情に襲われた。肩が震え、動悸(どうき)が高鳴り、目まいを感じた。沸き起こる興奮を抑えながら、美しく煌々(こうこう)たる夜空が意味するものを噛(か)み締めていた。

それは、宇宙の摂理(せつり)が天球に描き上げた金剛石(こんごうせき)色のホログラフィだった。精密なカラー写真を拡大したときに見える網目(あみめ)状の粒子のように、大きさも色相もさまざまな星が肩を寄せ合い、重なり合っている。

これだ。この星空だ。

前世のぼくが見た星空。

ぼくが探し求めていたものだ。

この夜空で星座を探すのに、地球で見上げる夜空のように想像力を凝らして、星の点を線で結ぶ必要などなかった。あまりに密集した星々はそれだけで光のレリーフとなり、くっきりと形をなしている。

北天に、尻尾の長い熊が二匹歩いていた。それが実は地球の熊ではなく、熊に似た異星の生物であることにぼくは思い当たった。さそりや白鳥、こぎつねやいるか、猟犬に似た生きものもそこにいた。声をかけたらこちらを向いて羽搏いたり、飛び跳ねそうなほど生命感にあふれている。

これは、僕が生まれて初めて出会う、最高の満天の星空だった。

涼やかなそよ風がぼくの頬をくすぐった。

この星の大気を、ぼくは呼吸していた。

地球の空気よりも濃く、芳醇な生命に満ち満ちた大気だ。

そうだ。この星空は本物なんだ。

ドームに投影された人工の夜空じゃない。

この宇宙のどこかにある、人類がまだ知らない、ある星の地表に、ぼくはいるのだ。

ぼくはシートから立ち、ゆるゆると振り向いた。

東の空へと。

それは、あった。

七つの金の燭台に囲まれ、右手に七つの星を掲げた天使の姿が。髪の毛は雪のように白く、目は燃える炎のようだ。

その姿がすべて、星々の集まりで描かれている。この宇宙を創造した神様が星雲をパレットに、夜空の闇をキャンバスにして肖像画を描いたような——そんな星座だ。

ぼくは目にうっすらと涙をため、そして長いため息をついた。

「これを見たかったんだ。子供のころから探していた。……どうしてかな、はっきりと覚えているんだ。この星座を。生まれる前から知っていたんだ」

「私もそうです」と学芸員の彼女は答えた。「私も……この天使を実際に見たことはないのに、記憶のどこかにぼんやりと残っていました。だから星空が好きになって、この天文科学館のお仕事を手伝うようになったんです。……そして、知りました。今、あなたがご覧になっているのと同じように、この天象儀が、人が前世からずっと引き継いできた幻の星空を見せてくれることを」

ぼくはじっと彼女を見つめた。夜空を見つめる人が持っている、星くずの輝きをためた目で、彼女はほほ笑んでいた。彼女はぼくがここに来るのを待っていてくれたのだ。

「前世から、ずっと引き継いできた星空？」

ぼくは尋ね、彼女はおだやかな声で答えた。

「ええ、きっと、ずっと昔から。おじいさんの、おばあさんの、そのまたおじいさんの、おばあさんの——ずっとずっと昔の世代から。この星に、ひとの歴史が始まったころ——ひとが、人類になって、初めて星空を見上げて、美しいと思ったその時代から……」

ぼくを見下ろす彼女の目に、星座が宿った。それは涙の滴だった。声をうるませて、彼女は語った。

「……でも、この星空は、この地上のどこに行っても見られません。遠くの遠くの星空——私たちが、生きてたどり着けないほど遠くの、どこかの星の天の空。いつかどこかで見たいと憧れながら、惹かれながら、私たちは前世から来世へと歩んでいくんです……。もしかすると、この星空は過去の記憶ではなくて、遠い未来のいつか、私たちのずっとあとの世代の人々が見るように定められている星空かもしれません。まだ公開されていない映画の予告編みたいなもの……」

確信めいた予感が、ぼくを貫いた。

この星空のイメージは、人類の歴史が始まったときに何者かが僕たちの遺伝子に刻みつけた、プログラムの一部なのだ。それは過去から未来へ、人の前世から来世へと、ずっと僕たちの心の奥底に引き継がれているのだ。

なぜ?

そうだ、ぼくにはわかる。

人々の歴史を導き、行き着くべきゴールを見失わないためだ。

ぼくはこの星空を求めて、小さな旅をしてきた。そしてぼくの前世の飛行士も、〈アナベル〉のコクピットから、夜空にこの星座を求めて飛んでいた。

そうやって、ぼくたちは探し求めていく。

きっと気が遠くなるほどの未来に、数えきれない世代を経た僕たちの子孫が、この星の大地に足を降ろして、この夜空を見上げることになるのだ。その人々はこの地でこの星座たちに囲まれて、かけがえのない幸福な時間を過ごすことだろう。祖先の足跡に思いをはせ、人が何のためにここへ来たのか、そしてどこへ行くのかを知る——そんなひとときだ。そのときへ至る長い長い時の流れの一瞬に、ぼくがいる。

そう……だから人々は昔から、夜空に星座を探していたのだ。いつか見ることになる星空を——人々の未来を予告したメッセージを、忘れないために。

とすると、学芸員の彼女は——

「あなたは、佐野真弓さん。そうですね?」

ぼくは尋ねた。でも彼女はなつかしげなほほ笑みを浮かべたまま、見かけの年齢に似つかわしくない奥行きのある表情で、静かに首を振って否定した。

「不思議な天象儀でした」と彼女はゆうべ見た夢を思い出そうとする人のように、ゆっくりと語った。「この天象儀をつくったひとは、博物館の中に本物の星空を呼び出せるように魔法をかけたんです。私たちの心がすさんだときに、私たちの心の奥底で見たいと願っている星空を見せてくれるように――と。この天象儀をドイツから運んできた技師の方が、そうおっしゃっていたそうです」

ぼくは天象儀の架台に目をやった。星の光に浮き立って、小さな銘板が見えた。この器械の由来を示す、幾つかの製造記号。

ぼくはその一行を読み取った。

ツァイス26。

彼女の声が続いた。

「それから、大きな戦争が始まり、男の人の手が足りなくなって、私はこのドームで天象儀の解説を手伝うようになりました……。小さいころから星空に憧れて、あなたのように、この星座を探し続けていたから。そしてある日の夕べ、この天象儀は人のいなくなったドームで、私だけにこの星空を見せてくれました。戦争がいよいよ激しくなって、自分がもう、これ以上生きていくことに疲れ始めたときのことです。だから……とても嬉しかった。あなたが飛んできたあの夜、私はこの天象儀館に走ってきて、いちばん大事な部品だけでも持って逃げようと作業していました。でもここから出る前に、燃えるかたまりが幾つもドームを突き破って落ちてきたんです」

「それなのに……」

沸き起こる後悔の涙に、彼女の姿がぼやけた。前世のぼくが心の中に立ち現れ、彼女にしてしまったことのために、全身を震わせてうめいていた。

「……それなのに、ぼくはあなたの星空に現れて、頭上から爆弾を落としてしまったんだ！思い出した。あのとき、ぼくの心にあなたの声が届いていたんだ。お願い、爆弾を落とさないで！と。……なのに、ぼくはあなたを殺してしまった。この天象儀を焼いてしまった。かけがえのないこの星野を消し去ってしまったんだ！」

「いいんです」半世紀前の初夏の夜にこの世を去った彼女は、涙をためた目に、ほほ笑みをたたえて言った。その涙は、小さな希望と、許しの滴だった。「むしろ感謝してるんです。あのとき、前世のあなたが空を飛んできたからこそ、今、こうして私は、私と同じ星空の記憶を持った、未来のあなたに会えたんですもの……」

どこの銀河とも知れない星の夜は足早に過ぎていく。星座は動き、星々でできた天使の像は頭頂にかかる。天使の顔はよくわからない。慈愛に満ちた許しの微笑だろうか。それとも厳しい断罪の眼差しだろうか。

天使の翼が天球に広がった。それは神秘的な緑、水底のエメラルドのような色をしていた。

「そして、過去のあなたに会えたんですもの……」

彼女の声は薄れた。

替わって、爆音がぼくの背中を叩いた。

轟々（ごうごう）とうなる四発のエンジン。

ぼくは〈アナベル〉の爆撃照準席にいた。

＊

「投下点確認」

照準器の冷たいレンズから、ぼくは鋭い目で、焼夷弾の投下点を探していた。

見えた！

屋上に銀色のドームを載せた建物。

天文科学館だ。

投下ボタンにかかった、ぼくの左手に力が入る。

「いけない！」

ぼくは渾身（こんしん）の力を込めて叫んでいた。

前世のぼくが、身体を引きつらせた。

これは幻聴じゃない！

前世のぼくは知った。このとき来世のぼくが心を重ね合わせてぼく自身に叫び、爆撃機という死の機械の呪縛(じゅばく)から魂を解き放ったことを。

——お願い、爆弾を落とさないで！

下界の天象儀館のドームにいる彼女の心の叫びが、ぼくを貫いた。

左手がぴくっと痙攣(けいれん)し、止まった。

間に合った。

ぼくは息をはずませて、照準器のレンズを見る。飛び進む〈アナベル〉の下で、天象儀館のドームは後方へと通りすぎ、視界から消え去っていく。

「どうした、投下しろ！」

機長がぼくの背中に命令を投げつけた。

ぼくはたじろぎ、機長を振り向いた。

そのとき——

〈アナベル〉のコクピットが星々の輝きに満たされた。窓から荘厳な光の洪水がなだれ込み、露光しすぎた写真のように、ぼくたちの顔を照らし出した。

窓の彼方には、あの星空があった。

彼女の天象儀が映し出した、異星の星野だった。闇よりも星の多い夜空。

〈アナベル〉は地球のものではない、幻想的な夜空を飛行していた。

「何だ、何が起こったんだ！」

驚きの声が飛びかった。

「落ち着け。機体の位置を確認しろ」

「レーダーは使用できません」

「星座を見ろ！　方角を見分けるんだ」

機長が命じ、航法士が足早に機体の背中の天測ドームに登った。透明な半球キャノピーから、天球をのぞむ。

「だめです、天測不能。見たこともない星座ばかりです。北極星がどこにあるのか、さっぱり方角がつかめません。前方にあるのは――」感動のこもったため息が漏れる。「天使だ。七つの燭台に照らされて、七つの星を掲げた天使です。そうとしか見えない」

言われるまでもなかった。操縦席の前を包むガラスの展望窓には、航法士の説明と同じ天使がほほ笑んでいた。

機内から声が消えた。だれもが輝く天使に見とれていた。こんなに美しい星座は、見たことがなかった。

「まさか……」機長がつぶやいた。「おれはずっとずっと昔に、この星座を見たことがあるような気がする。今まで、記憶のどこかに置き忘れていたみたいだ」

だれもが同じ思いにとらわれ、しばし沈黙が流れた。そして……。

ぼくは下界に向いた爆撃照準器のレンズに星空が映っているのに気がついた。

信じられない。

下にも満天の星空。しかも……。

そこに〈アナベル〉と同じ型の爆撃機が、腹を上にして飛んでいた。爆弾倉が開いたままのようだ。〈アナベル〉と同じ方角へ同じスピードで、真下を並航(へいこう)している。

そうだ。

あれは〈アナベル〉自身だ。下界は風のないつややかな水面で、そこに天球の星々と、この〈アナベル〉が映っているのだ。

海上なんだろうか。

船の姿はない。ただ一面の水の鏡。

ここなら、いい。

ぼくの左手が動く。投下ボタンを押す。

爆弾倉から一斉に八十本の集束焼夷弾が落ちていく。と同時に、軽くなった機体はふわりと上昇した。機首が上向き、天球が下方にぐいと振れる。ジュラルミンの翼がたわむ。

天使の星座が消えた。

そして正面に現れる、ペガサス。

はっと気づいたとき、〈アナベル〉はもとの世界の星空に戻っていた。

敵の都市ははるか後方に去っていた。

爆弾倉は空になっている。

機長は思案げに、周りの飛行士たちを見回した。狐につままれた顔というのはこのことだった。

不思議な星空の幻覚をみんなが見た。しかし〈アナベル〉は今夜、爆弾を敵地のどこかに落としたのだ。そう考えるしかない、と機長は判断したようだ。

「進路確認」

「真東へ直進中」と航法士が答えた。

「進路を変更する」

「どちらへ？」と航法士が尋ねる。

機長はまっすぐ右に輝く星座を指差した。

「さそり座さ。南だ。基地へ帰投する」

＊

「ありがとう」

学芸員の彼女の声で、ぼくの意識はまたここへ戻ってきたことがわかった。

彼女の頬に涙の輝きが伝っていた。流星の飛跡のように。

「……本当に、ありがとう。あなた、私を死なさなくてもよくして下さったのね」

ぼくはにっこりと笑った。なぜ、ぼくがあちらの国からここまでやってきたのか、その理由が今になってわかったからだ。

ほんのひととき、前世のぼくに還り、ほんの少しだけ、歴史を直すために。生まれてからずっと、心の底に引っかかっていた、前世の後悔を解決するために。

このドームはまだ、地球を遠く遠く離れたあの不思議な星の夜空のままだった。でも地平線は赤い曙光を帯びてきて、天象儀の短い夜が間もなく終わろうとしていた。

ぼくは、清々しい気分で尋ねた。

「地球は、どこにあるんでしょうね」

彼女は懐中電灯のような器具を持って、潮が引くように去っていく星空の一点に光の矢印を置いた。ドームの明るさが増し、その矢印はすぐにかき消された。

天象儀は眠るようにすべての眼を閉じた。

彼女は操作台を降りて、そのほっそりした指でぼくの手を握った。星々の輝きをためた目でぼくを見、そして目をほそめた。

ぼくの手に何か、ちょうどCDほどの大きさの円盤が残っていた。

薄墨に似た闇がしっとりと降り、ふと顔を上げると、彼女の姿はなかった。

ドームの中にはだれもいなかった。僕と——仕事を終えた天象儀がいるだけだった。

＊

天文科学館を出ると、ホテルが窓という窓に明かりをともしてそそり立っていた。陽は暮れていたが、雲がかかっているのか、星はひとつも見えなかった。

佐野真弓との約束の時間から、とうに一時間は過ぎてしまったはずだった。ぼくは急いでロビーを横切り、最上階のラウンジへ昇るエレベータに乗った。

ドアが閉じかかったとき、白いサマースーツの若い女性がショルダーバッグをドアに引っかけながら飛び乗ってきた。重たそうなバッグを壁に押し当て、ふうと息をつく。

ぼくはあっと声を上げた。

彼女は、さっきの天象儀館の学芸員とそっくりだったのだ。ちがいといえば、髪をストレートに伸ばしていることと、顔つきがややふっくらしている程度だった。

彼女もぼくに驚いて、一瞬視線を落とし、ぼくの手にあるものを見て、息を呑んだ。

「きみ、もしかして……佐野真弓さん？」

「ええ！　そうですけど」

本当にびっくりした表情で、彼女は今度はぼくの名前を呼んだ。ぼくも目を丸くしたまま、エレベータの中で自己紹介し、約束の時間に遅れたことをあやまった。

彼女はきょとんとした。

「そんな……私はパソコン持ってるけど、あなたとメールのやり取りした覚えはないんです。今日は、おばあちゃんの遺言（ゆいごん）で、この時間にここへ来ただけなんです」

「えっ？　じゃあ、このメモは？」

ぼくは、最初にフロントで受け取った、手書きのメモを差し出した。

真弓は絶句した。何か言いたそうで最初は言葉にならず、もどかしそうに喋った。

「これ……おばあちゃんだ……私のおばあちゃんは、去年亡くなったんです。そのとき、私あての遺品と手紙が残されていたの。これなんです」

真弓は手紙をそそくさとバッグから出してくれた。便箋の最初に今日の日付とこの時刻。ホテルの待ち合わせ場所と、ぼくの名前。

ぼくはかすれた声で読んだ。

「真弓へ……おばあちゃんの代わりに、この男の人にお会いなさい。おばあちゃんの命と、大切な星空を救ってくれた方です。そしてどうか、お礼を言い添えて下さい……」

その筆跡は、ぼくの持っていたメモとぴったり一致した。

ホテルの最上階で、ぼくたちはラウンジに入らず、湖の見える屋上庭園に出た。空は暗く、星はひとつも見えなかったけれど、外で話をしたかった。テーブルを決めて、飲み物を注文してから、ようやく頭の中で話したいことがまとまった。

ぼくはさっきの天象儀館の出来事をかいつまんで話した。前世の記憶のこと、遠い遠い異星の星空のこと、天使の星座のこと、そして〈アナベル〉の爆撃を止めたこと……。

「じゃあ、あなたと会ったのは、五十年は昔の、私と同じくらいの年のおばあちゃんだったんだわ。インターネットのメールもそうよ。ここで私とあなたが会えるように、私の名前を使って天国から交信してくれたのね……。だって、この街にははじめから、プラネタリウムのある天文科学館はないんだもの」

ぼくは椅子を蹴飛ばして立ち、屋上の手摺りから見下ろした。あの天文科学館はあとかたもなく、代わりに芝生の公園が広がっていた。ぼくの声は震えた。

「きっと信じてもらえないだろうけど……あの星座は確かに本物だったんだ。たぶん何万年か未来の、何万光年か向こうの、もしかすると別な銀河系の、ある星の夜空だった」

「信じるわ」意外なことに、真弓はほほ笑んでいた。半世紀前の天象儀館にいた彼女のおばあちゃんと同じ、平和な微笑だった。「私もさっきまで半信半疑だったの。おばあちゃんの遺言だから、ここであなたと会うことが冗談で終わってもうらみっこなしね、と思って。でも……信じます。だって、あなたはそれを持っているんですもの……」

そう言って真弓は、バッグから包みを出して開けた。テーブルの上に一枚、二枚と数えて、ちょうどCDくらいの大きさのその円盤を並べた。十五枚あった。

星野原板だ。

直径十数センチ、厚み十数ミクロンの薄銅の円盤に、やはり直径五十分の一ミリ程度からの小さな孔を数百個空けて星々を表現し、これをガラスではさんで保護している。

これは普段、天象儀の、一個の球体についている十六個のレンズの眼の裏側にはめられている。つまり天球の十六分の一の星空だ。そして球体の中心にある強力なハロゲンランプの光を通してドームスクリーンに星々を映し出す。映画ならフィルムに当たる、天象儀の星の生命そのものだ。

この孔は、昔の熟練した魔法使いが一個一個を加工機で空けた手づくりの品だと、おばあちゃんから聞いたわ――と真弓は説明した。

「これは天象儀のいちばん大切な部分なんです。あの空襲の夜、おばあちゃんは天象儀館で、この星野原板を取り外そうとしていました。せめて北半球の星を映す十六枚だけでも避難させたかったんです。ようやく十六枚目を外したとき、飛行機の爆音が頭の上にせまってきて……もうだめ！　と覚悟したんだけど、その飛行機はなぜか爆弾を落とさずに行ってくれたんですって。だから、これだけ持って逃げることが奇跡的にできたんです。天象儀の本体がそれからどうなったかは、わかりません。天文科学館は結局その後、火災の延焼でなくなってしまいました。おばあちゃんは戦後、この街に引っ越して、ずっと暮らしていたんですけど……いつも捜してました。大切な星野原板は全部で十六枚あるはずなのに、一枚足りなかったんです」

「それが、この一枚なんだね」

ぼくは自分の手に残っていた、一枚の星野原板を差し出した。紫色の板面に、無数の細かな孔が空いている。真弓はそれを夜空にかざして見た。なつかしいおばあちゃんと対面するかのように。暗い夜空に透かしても孔が見えるはずがないのに……。でも、そのときぼくは彼女の白い頬に、星野原盤を透過してきた明るい光が星座を映し出したのを見たのだ。

七つの燭台。七つの星を掲げた、あの天使の星座。

ぼくは驚いて顔を上げた。

夜空が光に満たされていたのだ。

真弓も星野原板を下ろして空を見た。

あの、異星の星空だった。

闇よりも多い、星々のきらめき。

屋上庭園にいた人々がざわめき、やはりぼくたちと同じように立ち上がって天球を仰いだ。すぐにざわめきは消えた。だれもが星空に魅せられ、感動に打たれて、黙って視線を空にさまよわせていった。

生き生きとした、異星の星座たち。

東には、大きく、華麗な天使の星座が。

あの天象儀の星空と、まったく同じ——いや、ひとつだけちがっていた。

天頂近くをゆっくりと動く、銀色の十字形の星があった。ほそい胴体の左右にまっすぐジュラルミンの翼を広げて、星々の光を照り返す爆撃機だ。にぶい爆音が湖面に響く。

「〈アナベル〉だ……。ここへ——この時代の、この星空へ飛んできたんだ」

ぼくは痛いほど目を凝らした。

あの機体のガラスの先端に、前世のぼくが乗っている……。

〈アナベル〉から何かが離れた。八十個の黒いかたまりが一団となって落ち、そろってきらめく流れ星に変わると、まばゆい閃光を発してそれぞれが四十八個の小さな星くずに分裂した。

全部で三千八百四十個の星くずがきらきらと尾を曳いて、鏡のような湖面に散っていく。湖面がその光を反射してしばしの間、炎の妖精たちに愛らしいダンスを踊らせ、広大な水面を光輝く宝石箱に変えた。

やがて〈アナベル〉が星空の彼方へ去るとともに、夜空の星々はゆるやかに輝きを失い、水面に闇と静寂（せいじゃく）が戻ってくる。

「きれい……」真弓は空に目を向けたまま、ひそやかに言った。「ありがとう。あなたにお礼、言わなくちゃ。こんなにきれいな星が見られたんだもの。それに、私がこの世に生まれてあなたに会えたのも、あなたのおかげだわ。おばあちゃんを助けてもらえたから、私がここにこうしているんだもの……」

「天象儀のおかげだよ。あの星空を思い出させてくれたからさ。忘れないよ。きっと、いつかぼくたちの人生が終わっても、あの天使の星座の記憶は次の世代に生まれ変わって、引き継がれていくんだってことを」

ぼくたちはテーブルへ戻った。テーブルの上の十六枚の星野原板——あの異星の星空を刻んだ原板はなくなっていた。きっと、ぼくたちへの役割を終えたので、まだこの世界のどこかに残る天象儀——ツァイス26のもとへ還（かえ）っていったのだ。

また、いつの時代か、未来か過去のだれかにあの星空を思い出させるために。
そして、ぼくたちはときおり軽く頬づえをつきながら、時間を忘れて話をした。
天象儀の、美しい星の話を。

まじりけのない光

その店は、ホログラム看板に極彩色の爆裂光を放つ戦争ゲームの館〝銀影電〟と、これも金銀にまばゆい曼陀羅模様の誇大妄想教室〝駅前洗脳〟の間に小さく収まっていた。雑居ビルのくぼみを利用した三坪ばかりの粗末な雑貨屋で、CGの浮遊看板も、客寄せの電飾ロボットも出してはいなかった。

ぼくは何も、こんな店に用事があって来たんじゃない。配達の帰りに道に迷い、自転車を降りてあたりを見回したら、この店の前だったというわけだ。

ちょうどそのとき、歩道では脳髄がうずくほど扇情的なCGの美少年や美少女が、光の薄膜をちらちらと腰に纏っただけの姿で踊り狂い、目の前をパレードしていた。ショッピングモールのサイコFM局が流している立体幻視だ。

例によって半期に一度の大感謝セールのプロモーションをオンエアしているのだ。「脱いで脱いで脱いで……もうだめ！　ハダカ寸前のお値段よ！」などと叫びまくっている。何を売りたいのかはっきり言わないが、それはCGキャラの動きの中に三十分の一秒ずつ差し込んで繰り返されるサブリミナル・カットに映っているのだ。道ゆく人々は無意識に猥雑な映像と、その陰に潜む商品のPR画面を重ね、深層意識の命じるままに、目当ての快楽器具ショップを目ざして流れていく。たぶん地下街の〝放心艶技〟だろう。

群れなす人々も、一人一人が歩く電飾だ。だれもが電磁ファサードのカードを首筋に貼りつけている。カードの磁場が身体を薄く包み、空間を飛ぶ可視電波を反射して、映像の身体を重ねてくれるのだ。人々は服の上から、第二の皮膚のように映像を着て歩く。ソフトを取り替えれば、ファッションも顔も自由自在。アイドル顔もハードボイルド顔も、CGの仮面で簡単につくれる。同じような美男美女が、同じようなピアスや刺青(タトゥー)をして、同じようなコートや靴(くつ)で、幽霊のようにもやもやと歩く。

ここはメルティング・シティ——電波と光のるつぼ。

町に満ちあふれる光。目くるめくホログラフィ。レーザーの爆裂。きらびやかな電飾を着た人々。

でも、その店だけはちがっていた。

広告をまったくオンエアしていないのだ。画像と効果音が幾重(いくえ)にも重なる街の中で、そこだけが薄暗く沈黙し、不気味な灰色のモノトーンに沈んでいた。

なぜ、こんな店に声をかける気になったのだろう。

理由は簡単だ。

ほかのどの店にも、そしてだれに声をかけても、振り向いてもらえないとわかっていたからだ。どの店も、だれも、帰り道を失った自転車メッセンジャーなんかと仲よくしたいとは思わない。

たいして奥行きのない店内には、店番の女の子が一人だけで、ちょうど店じまいの時刻らしく、商品を片付けていた。ぼくは大声で怒鳴(どな)った。

「すみません！　道を教えてもらえませんか。……ここの番地座標だけでもいいから」

店番の彼女は振り向いて何か答えたようだったが、ぼくにはさっぱり聞こえなかった。頭上を舞うレーザーと浮遊看板。三分の一秒周期で幻視を描き、生理的欲求をかき立てるショックビートがガンガン鳴って壁という壁に反響している。あらゆる波長のBGMが心臓の鼓動に合わせて胸板を叩く。ほんの数歩離れているだけでも、肉声を聞き取れるはずがなかった。

ただでさえ狭い路地にひしめく大衆屋台。真っ赤な肉団子や鈎十字形の鳴戸をぐつぐつ煮立てる〝帝国鍋〟と、いかついロボットが焼く〝機動煎餅〟や金髪美青年が差し出す媚薬入り〝丸秘アイス〟キャンデーが醸し出す香辛料やら、妖しげな医薬品と医薬部外品の刺激臭をかき分けて、自転車をようやく店の入口に寄せると、娘は愛想のいい笑顔を見せた。

「いらっしゃいませ！」

たぶん、そのとき彼女はほほ笑んでいたのだろう。しかしぼくは一瞬、背筋をぞくっとさせ、目をしばたたいた。

というのは、彼女の全身はただ灰色の、まるで実寸の影絵が立っているような姿だったからだ。頭のてっぺんからつま先まで、その服も同じ灰色に染まって、粘土で作った人形のようだ。土気色のゾンビとでもいえばいいのか。

彼女は可視電波をほとんど反射していなかった。砂漠の砂に水がしみ込むように、電波を吸収している。

光のない種族。

虹族の娘だ。

僕は彼女に声をかけたことを後悔したが、手遅れだった。目を伏せて逃げる間もなく、つい視線を合わせてしまったのだ。

虹族のことは学校で習ったことがあった。可視電波の世界に順応できない、無彩色の人間。電子情報を受信する水晶体を持つことができなかった不幸な遺伝特性の人々だと、電影教室のバーチャル講師が説明していたのを覚えている。

なぜ〝虹族〟と呼ばれているのか。その理由はよくわからないが、虹族の人々には電波が見えない。この街を支配する電波局のタワーやビルの屋上に立つマイクロ波のパラボラから生まれ出て大気を彩り、街の空から歩道のタイルまで極彩色に染め上げる電波を、虹族は見ることができない。

寄せては返す波のように、世界のあらゆるものに跳ね返り、透過し、飛び散って閃光となり、生き生きとした映像を結ぶ電磁波の妖精たちを、虹族は死ぬまで見ることができない――いや、見ようとしないのだ。目の水晶体を人工のものに取り替えればすむことなのに、それを拒否している。

虹族。明らかに、ごく普通の市民であるぼくとはかけ離れた、異質な種族だ。この社会に順応できない、ちょっと変わった人々だから、つき合わない方がいいですよ――とバーチャル講師は教えていた。

ぼくは用心深く、彼女に言った。

「悪いね、客じゃなくて。自転車の地表測位システム（GPS）が故障して、道に迷ってしまったんだ。北区のアカシア通りに出るには、どう行ったらいいんだろう？」

客ではないと知って、娘はがっかりしたようだった。かといって、気を悪くした様子もなかった。客を電磁ファサードのカードの種類で値踏みしたり、欲しくもない商品を行動心理学的に計算されたセールストークで勧めるプロの販売員にない素人っぽさが、彼女の表情やちょっとした仕草に感じられた。

「そうね」彼女は口元にきゃしゃな指を添えて、考え込んだ。「このへんの道はややこしいし……ちょっと待っていただけます？　私もそちらの方角に帰るから、途中まで案内できるわ」

ぼくは不安にうずく胸を撫で下ろした。

案内してもらえる幸運よりも、彼女がごく普通の人よりも好意的に、ぼくに接してくれたことに対してだ。血の気を失った、奇妙な灰色の種族と直接に言葉を交わしたのは、生まれて初めてだった。

緊張したぼくをよそに、彼女は手早く店を片付けた。手芸品の小物を扱うガレージショップらしい。彼女の手づくりらしく、小さなクッションやポシェット、ぬいぐるみが肩を寄せ合って、壁の市松模様のボードにかかっている。しかし、そのどれもが市街を交差するレーザーやプラズマの輝きを吸い取るばかりで、寂しく煤けたグレイの色調に沈んでいた。まるで泥雑巾だ。電磁波を発することもなく、反射もしていない。こんな薄汚いものを買おうとする客がどこにいるのだろう。

ぼくのお節介な心配をよそに、彼女は店のシャッターを下ろした。

「お待たせ！」

彼女は灰色の質素なシャツに、濃い灰色のキャンバス地のエプロンを着たまま、シャッターの鍵を灰色のジーンズのポケットに突っ込んだ。灰色ずくめの格好――つまり生身の服装だ。彼女は電磁ファサードのカードを着けていなかった。

ぼくは自転車を押し、彼女と並んで歩き出した。黙りこくってついていくのも気が引けた。

「きみ、カード、持ってないの？」

「ええ」当然でしょ、と彼女はうなずく。

「じゃ、やっぱり〝虹族〟なの？」

「そうよ」いけないかしら？　と首を傾げる。

「めずらしいものを売っているんだね。あれって、その……自分でつくったの？」

すると、彼女はちょっと得意げに、くりっとしたダークグレイの瞳をきらめかせた。

「ええ！　全部私の手縫いで、ニューラルネット・ミシンなんか使ってないんですよ。気に入ったのがありました？」

ぼくは申し訳なく、肩をすくめた。どう見ても彼女の商品は、灰色の布地に灰色の糸を巻きつけただけのものだった。ティッシュですら圧電ファイバーが織り込まれて、玉虫色にきらめく時代に——彼女の商品は、商品というには、あまりにもお粗末だった。

「ちょっと、感覚がアンティークをねらいすぎじゃないかな。液晶プリントやメタリック撚糸を使ってみるとか、もう少し……その、色の見える素材を工夫したら、きっときれいな作品になると思うけどな」

彼女が唇を噛み、睫を震わせたので、ぼくは驚いて口をつぐんだ。

「いいんです。慰めてくれなくたって。きっとあなたの言うとおりなんです」彼女はすねたように、うつむいた。

「……お店の前で立ち止まってくれたのは、あなたが初めてだったの」

けなすつもりはなかったけれど、何か、とても悪いことをしてしまったようで、ぼくは彼女の作品から話題をそらした。

「いつから、あの店やってるの?」

彼女は次の路地を曲がるように、手振りで指し示しながら答えた。

「半月ほど前から。それまで私の下宿のおばさんが占いの店をしていたんだけど、身体を悪くして入院しちゃったの。私の学校は夜間だから、おばさんが退院するまで、お店の場所の管理を頼まれて、ただで貸してもらってるの」

「へえ、学校、通ってるんだ」

彼女はこっくりとうなずいた。

今どき、実際に身体を動かして、実体の学校に通う人はめずらしい。学校といえばたいていバーチャル通信の映像教室のことで、大人になるまで自分の家から一歩も出ない学生もいる。それでもたいして不便はない。ぼくのように、働かなくては食べていけない階層の人間が物をつくったり、届けたりしてくれる。

彼女は学校のことを少し語った。虹族の学校は、ひとつの部屋に何人も集まって大人の話を聞いたり、互いに喋ったりする。美術や音楽の時間もあって、絵筆で絵を描き、自分の手足で楽器を鳴らすという。電子画や電子曲ではないらしい。

「夜間学校だから、昼間のアルバイトのつもりで始めたんだけど」仕方ないわといったふうに、彼女はほほ笑んだ。「でもダメね。やっぱり素人では売れるものはつくれないわ」

「そんなことはない。きっと店の場所がよくないだけさ。せめて静電看板をつけて、店内の壁に電導ポスターを貼れば、人目につきやすくなると思うんだけど。ほら、空中の電波を乱反射して光の渦をつくるようにさ」

「あの電磁波はいや。目がちかちかするわ」彼女はいやらしい男を見るように、眉をしかめてきっぱりと否定した。

「私の目には街の電波が見えない。それでもこの街にあふれる電波を感じてしまうわ。それほど磁場が強いのね。激しい電波が否応なく目の神経にさわって、それが頭蓋骨の中で熱に変わるのよ。網膜の奥がちくちくして、むずがゆくなるくらい。わかるでしょ、私が虹族だってこと。……この世界の光にはなじめないのよ」

僕は言葉に詰まった。虹族の人々は、この美しい世界を見られないことを悲しんで、ひっそりと世を捨てた種族だと教わっていた。かわいそうな遺伝欠陥を背負った人々だと。けれど目の前にいる彼女は、まるでちがっていたのだ。

同情なんてまっぴらごめん！　と言いたそうな顔で、彼女はふっと唇をひねった。

「そうよ、あの店の中に座っていると、心が静まって、人を狂わせるまがいものの電波の渦や、神経にさわるサウンドがやわらぐの。私の店の中だけは、あんなひどいものは入れたくないわ」

「そうかなあ」

街路の角から空中に立体投影された〝アリバイ屋〟のイメージグラフィックが飛んできて、ぼくと彼女の頭上で爆発した。光り輝く泡がぼくたちを包み、しばしの間、周囲の世界に幻想的なフィルターがかけられた。宝石のような花々をバックに華麗な妖精が舞い、ぼくにこっそり耳打ちする。「アリバイはいかが？　あなたと彼女の秘めごとを隠す、もう一人のあなた。いけないことをしている間、ほかの場所でまじめに仕事をしているあなたの映像、あなたの声、あなたの身体、みんなつくってあげるわ」

とくに目新しい広告ではなかったけど、バーチャルの妖精はかわいらしく羽搏き、ウインクしていた。ぼくは足を止めた。

「ほら、きみはひどいものと言ったけど、なかなかきれいじゃないか」

彼女はかぶりを振った。そう、彼女の目にはまったく別のものが見えていたのだ。醜い光、醜い音が。

「つくられた電波でしかものを見ていないから、そう感じるだけなんだわ。悲しいことよ——この光を見るために、ほかのもっと美しい光を殺している。その気になれば、だれだってこんな泥色の世界じゃなくて、飾り気のない美しさに触れられるというのに」

「そうは思わないな」

ぼくは教育チャンネルのバーチャル講師が喋ったとおりに、反論した。

「街の電波は、人間の目が捉える波長の中で、街の音は、人間の耳に聞こえる波長の中で、それぞれいちばん美しいと感じられるものに調整されているはずだよ。とくにこの街の広告は生態心理学的に完璧だって、評判も高いんだ。どうしてきみは、グラムサイトを目に入れてもらわないの？」

グラムサイトは、空中にオンエアされる電波を直接受信して、その電子情報を視覚化できる、人造の水晶体のことだ。

普通の市民は生まれたときから、グラムサイトの水晶体が、眼球の中にでき上がっている。

今は遺伝子操作で胎児のうちに合成してしまうが、もとをたどれば、ぼくが生まれるずっと前にコンピュータのディスプレイ・ターミナルを使って仕事をする労働者のために開発された人工水晶体だった。

コンピュータの画面を目の中に表示するのは、オフィスで働く人々の夢だった。いつでも、いかなる場所でも視野の中に好きな情報を表示できるようになれば、人々の行動を束縛していたディスプレイ画面のハードから解放される。かさばるディスプレイを持ち歩かなくても、手のひらに入る小さなマルチメディア端末にタッチするだけで必要な情報を呼び出せるようになるだろう。

高度集積回路のウェハーにナノメートル単位で回路基盤の配線を焼きつける細密食刻技術と、白内障を治療するために開発されていた人工水晶体が結合することで、眼球内ディスプレイが実現した。直径六ミリほどのポリメチルメタクリレート樹脂でできたそのレンズは、十から一万メガヘルツの放送電波をキャッチして光信号に変換し、網膜に画像を結ぶことができる。

電波を光信号に変換するために必要な電力も、太陽発電衛星からマイクロ波に乗せて、地表へ送られてくる。グラムサイト水晶体は、それを直接に受け取る。ごく微弱な電力だから、生体に悪影響はないとされていた。これで電池もコンセントもいらない。

人間の目の水晶体内部の液を取り除き、このレンズを移植することで、人はどこにいても、どんなときでも短波からマイクロ波までの電磁波に乗せて送られる映像を楽しめるようになった。短波、FM、VHF、UHFの地上波から衛星放送、アマチュア無線や携帯映話の受信まで。もちろん双方向のバーチャル・ゲームだって。しかも網膜から脳に送られる光信号の刺激の一部を聴覚神経に伝えることで、まるでサウンドトラックのように音声まで受信できるのだ。自分が見たい画像にチューニングを合わせるには、普通に目の焦点を合わせるのと同じように瞳孔(どうこう)の筋肉を動かし、瞬(まばた)きをすればいい。

それだけで、ぼくたちは幻想的な映像の世界で生活することができる。

放送番組だけじゃない。どんなものにでも、電磁ファサードのチップやカードを着けて反射磁場でラッピングすれば、すべてが美しい電子の色に彩られるのだ。建物や車、家具や衣服、そして自分の身体も。CG画面の中の世界のように、鮮やかに、くっきりと——その色は、市民たちを魅了(みりょう)した。

「これは虚構ではない、現実そのものなのです」と情報省や社会福祉省の事務官は、グラムサイト・メーカーに率先して、この〝天使の目〟の効用をアピールした。「人間にとって現実とは、視覚や聴覚などの感覚器官がキャッチした外界の刺激にほかなりません。それが私たちにとっての〝現実〟なのです。ならばグラムサイト水晶体がキャッチする電波の世界は、まさに現実なのです。つくりものではありません」

それは、映像と音響の天国だった。

グラムサイト水晶体は、あっという間に普及した。最初は手術が必要だったが、遺伝子工学の助けを借りて胎児のうちに合成できるようになって、完全にぼくたちの身体の一部になった。もう、グラムサイト水晶体なくして、普通の生活を送ることはできない。

「どうして、きみたち虹族は、グラムサイトの水晶体がきらいなんだ？　そうすれば、幸せになれるのに」

「いやよ。それは間違ってる、どこか間違ってるわ」

よほどぼくの言葉がプライドを傷つけたのだろう。虹族の娘は必死にまくしたてた。

「人間の目や耳が、人工的な電波の範囲でしか、ものを見たり聞いたりできないと、だれが決めたというの？　私だってあなただって、生まれる前にお母さんのお腹の中で、微生物からサルまでの、進化の過程をひととおり体験しているのよ。犬の鋭い嗅覚や、鳥の驚異的な方向感覚や視力、そして猫の聴覚なんかを、一度は授けられているんだわ。それが人間になって生まれたら消え去っているなんて、おかしいとは思わない？　モンシロチョウだって紫外線が見えるのに、私たち人間に感じられないはずがないわ。私たちの目は、自然のままで、もっといろんなものが見えるのよ。それをわざわざバイオテクニックで人工のものにすり替えて、限られた電波しか見えないようにしてしまうなんて。そりゃ世界はきれいに輝くでしょうけど、その代わり、もっと多くの見えるものから、目をそむけているんだわ、きっと」

そこで彼女は口をつぐんだ。

普通の市民なら考えもしない苦手な分野を話題にされたぼくが、喋るのを面倒がっているのに気づいたのだ。ぼくはもう彼女の言葉の意味を考え込むのをやめて、空中で壮快に電波を蹴るエアサーフィンのレーザー広告に見とれていた。その方が、人と喋るよりも楽しい。

「ここよ」

彼女の声でわれに返ると、幾らか道幅の広い十字路に出ており、右に曲がったところで、ぼくのアパートメントがあるアカシア通りのマルチビジョン看板が目まぐるしく発光していた。

「ごめんなさい、虹族の仲間と話すような、つまらないことを喋ってしまったわ。あなたが私の店に気づいてくれたから、つい友達みたいに思えてしまって」

ぼくが道案内の礼を言うと、彼女は少し気をよくしたのか、にこやかに「どういたしまして」と答えて、横断歩道を渡っていった。

虹族か、変わった娘もいるもんだなと思いながら、ギンギラのアーケードに向かって自転車の向きを変えたぼくは、あることに気がついて振り返った。

街の市民は一人残らず、携帯GPSを持って外出する。この星を取り巻く測地衛星の電波を捉え、これを座標信号に翻訳して、グラムサイト水晶体に表示してくれる端末だ。

なぜか、GPSの衛星電波は暗号化されていて、グラムサイト水晶体だけでは座標情報を受信できない。自分が世界のどこにいるのか知るためには、政府管掌の家電店で販売する専用端末が必要だった。

メインストリートをまっすぐ歩いて、まっすぐ帰ってくるだけなら不必要だが、今歩いてきたように、地下街から空中回廊（かいろう）に至るまでの複雑な裏道を抜けて、商店街から商店街へ移るには、必要不可欠なのだ。街全体がオンエアされた電波の光と音のるつぼになっていて、しかもその広告が数秒おきに変化していくのだから、二、三回も路地を曲がれば、たいてい帰り道を見失ってしまうからだ。

しかし、虹族の彼女はもちろん、GPSを持っていなかった。かりに持っていたとしても、一度も出して見ようとしなかった。

ぼくは彼女の後ろ姿を探したが、レーザー光の炸裂（さくれつ）と波打つ群衆の洪水にちらちらと灰色の髪が見え隠れしたかと思うと、もう見えなくなっていた。でも、その後ろ姿は、きらびやかな街には、まるで似つかわしくなく、孤独（こどく）に打ちひしがれているように見えた。

そしてぼくは、とても恥（は）ずかしくなった。

虹族の彼女は、カードも持っていなかった。電磁ファサードのカード——身体に虹の光の衣裳を着せてくれる磁力場のカードを。

彼女にとって、それは意味がないからだ。彼女の目には、光の衣裳は見えない。ということは、もちろん、ぼくの電磁ファサードの衣裳も、彼女には見えていなかったはずだ。メタリックのシャツ、玉虫色のジャケット、肩から腰にかけてきらきらと動く数本のチェーン。みんな映像のまやかし。

じゃ、ぼくは本当は、何を着ているんだろう。

何か着ている。けれど、何を着ているのか、思い出せない。

虹族の彼女は、それを見ていたはずなのだ。

ぼくは、なぜかとても恥ずかしくなった。

＊

限りなく天に近く、限りなく地の底に深く——増殖に増殖を重ねて摩天楼が手を結び、肩を寄せ、地下街がからみ合うこの街を、ぼくの自転車はすみずみまで知りつくしている。エアバイクでも入り込めないビルとビルの隙間から、地下の配管を縫って走り抜け、街の住人がネットで注文した品物を、倉庫で受け取って届けにいくのがぼくの仕事だ。

どんなに道が入り組んでいても、自転車に内蔵しているＧＰＳのチップが故障しない限り、道に迷うはずがなかったが、その日だけはどうかしていた。午後は五軒しか配達がなかったので、途中、ゲーム喫茶で時間を潰したのがいけなかった。最後に残った配達品を荷台のケースに入れたまま、ぼくは同じ街路を三回も往復した。届け先の住所も名前もわかっているのに、どうしてもその家が見つからないというやつだ。真珠色の光に包まれた品のいいネクタイの店で道を尋ねようとして無言の冷笑を浴び、すごすご退散して、しばらく自転車を押して歩き、立ち止まって見回すと、そこはいつか帰り道を案内してくれた彼女の店の前だった。

ぼくは配達品の包装紙に輝く宛先シールを見て苦笑いした。何のことはない。注文主は彼女だったのだ。

「ありがとう」彼女は包みを受け取ってサインをすると無邪気にくすくすと笑った。

「さっきから何度もお店の前を行ったり来たりしていたから、声をかけようと思っていたところだったの。久しぶりね」

あれから何週間になるのだろう。ぼくは思い出せなかった。昼夜を問わず人が流れ、光と映像に包まれているこの街では、昨日と今日を区別する必要も意味もない。あるのは現在だけだ。

しかし、彼女の小さな店を見回すと、あい変わらず地味で、何の色合いもない小物の中に、明らかに時の経過を示すものがひとつあった。

この前店に入ったときに見かけた厚手の綿の布に、今は繊細な刺繍が施され、一枚のタペストリーができ上がろうとしていた。やはり灰色にくすんだ壁飾り——それとも旗だろうか。それはせせこましいカウンターに広げられる程度の大きさだったが、細工は確かで、かなり根を詰めて縫われたものとわかった。

けれど、技術はよくても、デザインは最悪だった。彼女のほかの作品と同様に、無味乾燥な図形が太さもさまざまな糸で形づくられ、意味もなく配列されているだけだった。どう見ても、ぬかるみの中から拾った雑巾だ。

「あれから毎日ここに座って、街の人をながめながら縫っていたの。いつもお昼どきになると、空からちょっぴり、まじりけのない光が降ってきて、お茶の時間になると、手のひらでつかまえられるほどのそよ風がやってくる。それを一針一針、縫い込めていくのよ」

言葉をやさしく舌の上でころがして、彼女は語った。通りを鮮やかに彩るマイクロ波に照らされているときは、表情がこわばっている彼女が、なぜか泥まみれのような布と糸の作品を前にすると、生き生きとしてくるのが感じられた。

「ときどき目を閉じて、そおっと息をしてみるの。……すると、頭の上を白い雲がゆっくりと流れていったり、はるかな高みで一羽の鳥がゆるやかに舞って、この土気色の街を見下ろしているのが感じられるの。私の心は気流に乗って、鳥と一緒にどこまでも昇っていける。やがて地平線に重なっていた街なみが途切れて、その向こうにとても大きな海原が、陽の光にきらきらとさざめいているのがわかるわ。信じられないほどかすかだけれど、みずみずしい潮風が、この街まで吹いているのよ」

何か願い事をするかのように、彼女はぼくを見つめていた。ぼくはずっと昔の、もう形が残っていない記憶を呼び覚まされたようで、しばらくの間、何も言えなかった。目立たないから気がつかなかっただけで――ぼくがまだ子供で、路地裏で遊んでいたころから、彼女はすぐ近くにいたような気がした。目の水晶体の焦点を、大気にあふれる電波のファンタジーソフトに合わせると、路地は中世の森に変貌して、騎士や妖精や悪魔が現れて戦い始める。そんなアニメキャラの友達と一緒に走り回っていたとき、虹族の彼女はぼくの隣を歩いていたかもしれない――たった一人で走り回るぼくの隣を。虚構の映像に夢中だったぼくには、彼女は泥色の姿にしか見えないから気づかなかっただけ――

彼女はぼくが届けた包みをほどいた。中には、ひとにぎりの木綿の糸くずが入っているだけだった。器用な手つきで、針に糸を通すと、彼女は壁かけの、最後に残った部分に縫い取りを入れ始めた。

彼女のほそい指が動くと、店の表から乱反射してきたVHF波が指を素通りして、爪と骨を燐光のように浮き立たせた。彼女の顔もそうだった。死体のような肌に、ときおり頬骨や血管が透けて見えた。彼女は自分の身体に帯電ローションをつけていない。剝き出しの、メイクアップしていない肌だ。泥の彫塑のような。

「この刺繍はどうしても今日中に仕上げたかったのよ。でも、糸が足りなくなって……私たちは、帯電コーティングをしていない、生のままの糸しか使わないの。それをあなたが持ってきてくれたのは、ただの偶然かしら。……でも、これを買ってくれる人はいそうにないわ」

「どうして？」

ぼくは思わず訊ねていた。ぼくには見えない何か大切なものが、彼女の指の動きとともにその布に縫い込められていくようだった。彼女は手を休めてしみじみと、壁にかけている自分の作品をながめた。

「昨日、夜学の講座が終わったの。このお店も今日でおしまい。明日はもう、この街を出て遠くへ行ってしまうわ」

「どこへ？」

ぼくはまた訊ねていた。まったく他人の虹族の娘に。そんな自分が不思議に思えた。街の人々は、他人の行く先なんか、自分から訊いたりしない。映像と刺激に満ち満ちた世界では、隣のブロックに引っ越しても、その家を捜し当てることは難しい。そんな面倒なことをするのは、ぼくみたいに、配達を仕事にするメッセンジャーだけだ。

「わからないわ。南の國のどこかよ。そこに故郷があるの」

彼女は謎めいた微笑を浮かべて言った。

「私たち虹族はね、地図がなくても自分がどこにいるのかわかるし、どの方角に故郷があるのかわかるの。不思議ね、頭の中に磁石を持っているみたい。まるで渡り鳥の帰巣本能よね。……でも、行ってしまう前に、教えてあげる。もうすぐ、嵐が来るわ」

彼女の素焼きの壺のような表情に、不安がさざ波を立てた。

「電磁波の嵐よ。最近、太陽のご機嫌がよくないの。虹族なら感じられるわ——太陽の光り具合がおかしいってこと。太陽の顔に黒い斑点が広がって、そこがにきびみたいに潰れそうなの。そうなったら、太陽から電子のシャワーが降り注いで、この星にいっぱいになっている電磁波が攪乱されるわ」

「太陽？」

ぼくは問い返した。太陽なんて、見たことがない。街には時計もない。昼夜に関係なく、街は電波に照らされている。目を閉じても、グラムサイトの水晶体はTV電波を映像に替えている。ニュースやドラマ、そして数限りない広告が目蓋の裏にまで映ってくる。そこで市民は、寝るときには水晶体のチューニングを睡眠用の番組に替える。おだやかなピンクやブルーの光の雲だけが映り、静かな環境音楽が流れるヒーリング・チャンネルだ。

街の人々には夜も昼もない。起きているときの映像か、寝るための映像か、どちらかだけだ。

「太陽なんて……関係ないさ。そんなこと、ニュース番組でも言ってなかった。……危険なのかい」

彼女は首を振った。

「ううん。地上にいるなら大丈夫よ。でも、宇宙にいる機械たちは大変でしょうね。軌道上の太陽発電衛星で働くコンピュータたちも、グラムサイトの水晶体でものを見ているわ――電波の見える目で。機械の目にはお日さまの電磁嵐が直接、襲いかかるわ」

そうだった。グラムサイトの水晶体は、ロボットの目に打ってつけだった。ロボットのコンピュータは電波の命令を受けて働く。だから人間の目と同じ水晶体を合成して、システムに組み込まれている。

「何も起らなければいいけど……。どうせ私たちには何もできないけど、何だか悪い予感がするのよ」

「そうか……」

ぼくは、どう答えていいかわからずに、縫い取りを続ける彼女の指先を見つめていた。どうして、彼女には太陽の異変がわかり、ぼくたちのことを心配するのだろう——そんなことをぼんやりと考えながら。

やがて彼女の手が最後の一針を縫い終えたとき、ぼくはポケットのコインを探りながら聞いた。

「幾らなの？」

彼女は答えた。たいした額ではなかった。

＊

その夜、ぼくは自分のアパートメントで、壁にかけた彼女のタペストリーをながめて過ごした。帯電コーティングによって瑠璃色に輝く壁の中ほどで、そのタペストリーだけが灰色の退屈な四角の荒野だった。電波のエアポケット。街の輝く喧騒の中で、そこだけに薄闇がかかっていた彼女の店と同じだった。

部屋は夜通し明るい。

天井には、共同アンテナから引き込まれた電導ターミナルの突起があり、窓にもシール状の増幅アンテナが組み込まれている。クリアーな電波が、部屋のすみずみまで煌々と照らしていた。瞬けばグラムサイト水晶体のチャンネルが替わり、部屋の空気をさまざまな深夜番組で飾った。子持ち人魚の唐揚げや焼天使の手羽先を賞味する料理番組が終われば、吸血鬼とミイラ男のお笑いタレントがどつき合って部屋のあっちからこっちへとドタバタやり、二人の頭が風船のように膨らんで爆発し、部屋中を血の海にすると、赤い幕が上がり、刑事ドラマのヒーローが容疑者を拷問していた。裁判官は自白した被告を火刑に処した。十字架に架けられた無実の少女が451度ファーレンハイトで紙のように燃え上がり、炎に消えると、その煙の彼方のチャンネルでは、銀河帝国の王女がなまめかしいコスチュームで戦士の美少年を誘惑し、無重力ベッドの中でからみ合っていた。

　何もかもつくりものの番組だった。つくりものだから何をやってもよく、そういった番組を嫌悪するような人は、もっとまじめなお堅い番組を選べばいいだけのことだ。この世界が虹族の彼女が言うほどに不健康な社会だとは、ぼくには思えなかった。同じ一人の人間が同じ一夜に、残虐と性欲の俗悪番組を一時間与えられる代わりに、アカデミックで道徳的な選良番組をもう一時間観る義務があると教わっていた。要は、人格のバランスだと。

　ぼくはチャンネルを教養番組にシフトした。ニュース特集ではこの星の反対の半球のある國の紛争を伝え、その愚かさや餓死者の数をレポートしていた。裕福な國が何カ国か、軍隊を出し合って紛争鎮圧に乗り出すようだった。紛争している國の人々は低賃金で働いて、ぼくたちの國のメルティング・シティの繁栄をささえているのだから、軍事介入は必要なことだ、とわかった。美術番組ではヴィーナスのように美しい女性レポーターが、国宝博物館のお宝の数々を、高名な学者と一緒に解説していた。何が書いてあるのかわからない古書や奇妙な彫刻の数々。古代の戦艦が宇宙を飛ぶ表紙の古本や、頭にツノを生やした少年ロボットの板金像が展示ケースに収められて、その文化的価値が褒めそやされていた。音楽番組では、クローニング技術で四本の腕を持ったピアニストが壮絶な連弾に挑戦し、薬物ドーピングで声帯を強化したオペラ歌手が、超絶の美声を披露していた。

いずれもつくりものではなく、事実のようだった。でも、国際紛争も博物館もコンサートホールも行ったことのないぼくにとって、どれもつくりものの映像と同じだった。いや、本当はすべてがつくりものだったのかもしれない。

ぼくはチャンネルを映画に、ミュージックに、ドキュメントにと次々に替えていった。それでも視界のどこかに彼女の泥色のタペストリーが引っかかり、ぼくの視線はまたそこへと吸い寄せられた。

そこは光輝く天国にぽっかりと空いた、地獄の穴のようだった。電波を吸収する、底なしの穴。

やがて、ぼくはベッドの上で、電波の海を泳ぐ魚のように何度も寝返りを打ちながら、ただ彼女のタペストリーを凝視した。

なぜ、気になるのだろう。こんなつまらないものが。幾ら見つめても、美しい光など発してはくれないのに――それでも、ぼくは何かを見ようとしている。

何かを――もしかすると、この街では見られない青とかいう色の空と、白とかいう色の雲を……。

ぼくはとろとろと、浅い眠りに落ちた。

眠りながら、ぼくはタペストリーを見ていた。

＊

電波の目覚まし時計が昼の時報にピイピイ鳴き、目の中に時刻をデジタル投映したとき、ぼくは睡眠不足で朦朧（もうろう）とした目を何度もこすった。

まさか、夢でも見ていたのか？

あわててタペストリーを見る。

やはり、ただの泥色の布くずだ。

しかし、夢の中で、それには鮮やかな色彩がついていた。たぶん、そうだ。夢から覚めてしまった今は思い出せないけど、確かにぼくの目はタペストリーの色を見ていた。たぶん虹族の彼女が見ていたのと同じ光で。

なぜ？

グラムサイト水晶体は、電波を見えるものにする。それ以外のものは見えないはずだ。

そう思っていた。

本当に、そうだろうか？

じつは、ぼくの目は無意識にもっと多くの色彩を見ることができるのに、意識の上ではグラムサイト水晶体が映し出す可視電波の陰に隠されて見えないのではないだろうか。

ぼくは跳ね起きた。あわただしくドアを飛び出し、階段を駆け下りて自転車に飛び乗った。細い裏道を縫って飛ばす途中で、ぼくは何度も瞬きをした。そのたびにグラムサイト水晶体のチャンネルが切り替わり、目まぐるしく世界の色が変化した。

息を切らして、彼女の店にたどり着く。

昨日と打って変わって、その店にはでかでかとホログラフィの点滅看板が掲げられ、火花を散らして道ゆく人の注目を誘っていた。店構えの狭さに変わりはなかったが、その中には頭の右半分を剃り上げた若い男がいて、子供に人気のある神経錯乱ゲームのソフトやノンアルコールの酩酊菓子を売っていた。

虹族の彼女の店は、最初からここになかったかのようだった。

ぼくが自転車を降りて、デモソフトを映す浮遊液晶を見ていると、若い男はうさんくさそうに、斜めに視線を投げてきた。

「あんた、買う気あるの？」

ぼくは目をそらして通り過ぎた。彼女の店はだれの目にもとまることなく、ひっそりとしていたが、あのしっとりとした静けさが、妙になつかしく思えた。

ぼくは長いため息をつくと、自転車のペダルに再び足をかけようとした。

そのときだった。

何の前触れもなく、視界が強烈な光に包まれた。

　ぼくは低くうめいて、両手で目頭(めがしら)を押さえた。街の風景がネガに反転した。ぼくの目の中に閃(ひらめ)いたその光が何なのか、しばらく想像もつかなかった。

　次の瞬間、その閃光は消え、漆黒(しっこく)の闇が訪れた。

　見えない。何も見えない。

　まるで何かの魔法にかかったのか、突然、足下に黒い穴が口を空けて、ぼくを呑み込んでしまったようだった。数秒前までぼくを包んでいた、目くるめくレーザーグラフィック映像とハイビートの音響が消え去っていた。

　恐怖の淵(ふち)に立たされたのは、ぼくだけではなかった。街路にあふれる市民が一人残らず、残酷な暗がりと静寂の中に追いやられたのだ。しばらくの沈黙、そして驚きと不安のざわめきが人々の間に広がり、二、三の悲鳴が聞こえた。

　ぼくは自転車のハンドルを探り、それを握り締めたまま立ちつくし、全身をわなわなと震わせた。

　電波が、消えてしまった。

　闇、すべて闇。ただ必死に瞬いてグラムサイト水晶体のチャンネルを切り替えると、闇の中に無数の星々の輝きが躍った。

　かすかに残った混信電波をキャッチできたのだ。

　きらめかない星々と暗闇の中にようやく、ぼんやりと光を反射する地平線が円弧(えんこ)を描いて、視野の下方に入ってきた。

ぼくは宇宙を見ていたのだ。視野がさらに広がって、星々をさえぎる巨大な太陽電池のフレームが動いてくると、その映像を送っているものの正体がわかった。

太陽発電衛星——はるか頭上の静止軌道にあって太陽光で発電し、強力なマイクロウェーブでこの都市へ電力を送信している自動システムだ。

そこには人間はいない。人間と同じように、グラムサイトの目を持つコンピュータだけだ。わかった。これは、発電衛星を管理しているロボットのモニターだ。地表に送っている緊急通信の映像を、ぼくのグラムサイト水晶体がたまたま受信できたのだ。

とすると——さっきの閃光は、虹族の彼女が話してくれた太陽嵐。

これは、まさに今、発電衛星のコンピュータが見ている光景だった。視野の一部が激しく明滅し、非常事態を示すコマンドの信号が星空に重なって走っていく。プログラムの数列が流れ落ちる滝のようにスクロールし、ダブり、途切れ、またつながった。混乱している。致命的な電磁波を目に受けたコンピュータの思考が狂い始めているのだ。

つくりものではない、現実の映像。

それはショッキングでもなく、感動的でもなく、ただ淡々と事実を映していた。

ぐらりと画面が傾いた。発電衛星のマトリックス構造物が視界を圧して、横倒しに回っていく。構造物のそこかしこに備えられた姿勢制御ロケットが暴走して、噴射を続けているのがありありと見えた。

太陽嵐の影響で、管理コンピュータの回路に異常な電磁波が生じ、コマンドをずたずたにしている。もう、発電衛星のコントロールは人間の手では制御できなくなっているのだ。

唐突に、その映像は消えた。幻のように失せ、目まいとともに、再び電波の映像がよみがえった。

この都市の動力が、発電衛星から、地上の非常電源に切り替わったのだ。遠くの原子力発電所から高圧線に乗って電気が届く。グラムサイト水晶体の機能が少しだけ回復し、ざあざあと流れる光のノイズから、ぼんやりと無責任なテロップの文字が浮かんだ。

『しばらくお待ち下さい』と。

が、それは束の間だった。はっと息を呑む間に、都市は今度こそ本当の暗闇に塗り込められてしまった。

起こったことの察しはついた。非常電源も停電したのだ。ぼくは頭上を見上げた。見慣れた浮遊看板はなくなり、黒々とした闇の壁が左右からぼくを押し潰すかのように、気が遠くなりそうな高さまで続いていた。

その頂上にかすかな青い燐光が生まれ、広告用のレーザー投映機やオーディオシステムのために、無造作に張りめぐらされた送電線を伝って降りてくる。突然に大気を満たした磁場に帯電し、送電機能が麻痺したのだ。その光は地上に届かぬうちに力を失い、燃えつきてしまった。

都市に張りめぐらされた送電線が電磁波の負荷に耐えきれず、焼き切れてしまったためだ。

その原因も、察しがついた。

軌道上に静止して、超々高層ビルの頂上のアンテナにマイクロウェーブを送って、街全体に電力を供給していた発電衛星が、とうとう大気圏に突入し、異様な電磁波で地上をなめながら、墜落(ついらく)していったのだ。

*

やがて目が暗がりに慣れてきた。一面に、泥のようなカーテンが降りている。

——どうすればいいんだ?

パニックというよりも、自分の力をはるかに超えた巨大な災害に直面して、ただ言葉もなく、ぼくは凍りついていた。街の群衆もそうだった。悲鳴はやみ、互いに声をかけあったり、どうすればいいのか訊ね合うこともせずに、ぼくも人々もただ止まって、動かなかった。

なぜなら——

映像が止まったからだ。グラムサイト水晶体が見せてくれる華やかな映像に導かれて動いていたぼくたちは、映像が止まったとき、映像に合わせて振る舞うしかなかった。ストップモーション。だから——ぼくたちは静止した。

そのとき、ぼくの頬を、何かが軽く触れて通ったような気がした。振り向いたが、そこにはただ、泥色の闇に立ちすくみ、おびえる人々がいるだけだった。

彼らには、何も見えていない。電波を発信する電源を失ってしまった街の中では、グラムサイト水晶体はただのガラス玉だ。もちろん、ぼくの目も――

いや、ちがった。

ぼくには見えていた。

現実の街の風景が。

泥色の闇に見えていたのは、ビルの壁面だった。煤と埃にまみれた、汚い壁。壁に沿って枯れ果てた蔦のように、安っぽい光ファイバーがちぎれてぶら下がっている。レーザーもネオンもCGの立体幻視も失った店先は、錆びが浮き、曲がった鉄骨が突き出したひさしに、ぼろぼろに裂けた天幕を張りわたしたバラックだった。道はごみだらけで、足の踏み場もないほどの空缶からこぼれた飲料が水たまりをつくり、その脇にひからびた鳥の死骸がころがっていた。それすら、人々が食い散らかして捨てたフライドチキンの骨の山にうずもれていた。

これが、映像の装飾をはぎ取られた街の姿。

街中が泥のような灰色に変貌していた。虹族の彼女が縫い上げたタペストリーと同じ色だった。ぼく自身も同じだった。泥色のぼく。ろくに着替えもせず、薄汚れて、破れたままのシャツとズボン。変色し、ごわごわになった靴。錆だらけでざらざらの自転車。

ぼくだけじゃない。だれもがそうだった。

魂を抜かれた静止画像となって、呆然と立つだけの人々も、ぼくと同じ姿だった。がさがさの髪と肌。垢のたまった首筋。そこに電磁ファサードのカードだけが、にぶい金属の光沢を残して、へばりついている。

しかし——ぼくは目を凝らした。それでも何かが見えるような気がしたからだ。

ぼくの、本来の目で。

ぼくは再び目を上げた。両側の摩天楼の頂上にはさまれて、ほそく青い一条の線が走っていることに気がついたのだ。弱々しいが、温かみのある線。

空。晴れた空だ。

すると、その線の一点がきらりと光り、その輝きがまっすぐ、人工の谷間の底まで射してくる。まぶしさに瞬きを繰り返すと、また、ぼくの首筋に何かが触れた。ぼくは目を閉じた。首筋だけでなく、それは髪の間や袖口から入り込み、全身に心地よい感触を与えて、すうっと去っていく。

まじりけのない光、そして手のひらほどの風。

ぼくは彼女の言葉を思い出した。思いきり、深呼吸をする。街路の埃と異臭に隠れて、確かに、ほんのひと滴の、潮の香りがあった。

わかる。

ぼくにも感じられる。虹族の彼女と同じものが。

「みんな……見ろよ！　見えるよ、聞こえるよ！　何も怖くない。自分で歩けるんだ！」

よれよれの汚れた服の群衆に、ぼくは叫んだ。でも、だれも動くことなく、だらんと手を下げて待っている。電波が再びやってくるのを。しばらくお待ち下さい、と命じられたからだ。何人かの肩をつかんでゆさぶってみた。でも、だれもがぼくに無関心だった。

しばらくして、ぼくはあきらめた。自転車に乗り、ペダルを踏んだ。物音ひとつしない曲がり角で、軽くブレーキを使うと、リムがキィッときしむ。自転車のGPSは停電で電源を失い、役に立たなくなっていたが、今のぼくには必要でなかった。淡い陽の光と、そよ風が、彼女の代わりに帰り道を教えてくれる。角を曲がり、新しい通りに入るたびに、光の向きが変わり、吹き抜けるそよ風の肌ざわりが移ろって、ぼくを導いてくれる。

次の角を折れ、坂道を一気に駆け降りるとぼくのアパートメントだ。部屋には、彼女のタペストリーが飾ってある。ひびだらけの煤けた壁の中で、今はそれだけが、生き生きとした色彩を放っていることだろう。

昨夜は灰色のしなびた布でしかなかった壁かけに実は何が描かれているのか、ゆうべ夢で見た絵柄を、今のぼくは思い出すことができる。

それは、自然光の世界——虹族が見ている世界だ。

果てしなく、青くさえ渡る大空、白くたゆたう雲、透き通ったしぶきを散らす水面。そして、豊かな高みへと昇りゆく一羽の鳥。

ぼくは目を大きく見開く。グラムサイトの水晶体にさえぎられて見えなかった太陽の光が、ふんだんに目の中に入ってくる。その昔に本来の人間の目に見えていたものが、視神経を心地よく刺激しているのだ。

七色の光。虹のスペクトル。

虹族に見える光が。

次の日、ぼくは彼女を追って出発した。

南へ。

彼女の故郷へと。

ミューズの額縁

その絵は、私のイーゼルの上で猛り狂っていた。

二次元の暴風雨だ。気紛れで荒々しい画素の濁流が、明度も彩度もさまざまに、三十号の、大振りのバイオ・キャンバスを暴れ回る。

高感度の光セルを何層にも重ねたキチン質のバイオ・キャンバスは、さながら光の粒を流したゼリーの海だ。しかも、目に見えるのは大津波に大渦巻。キャンバスはこの派手な画素ノイズのリズムに合わせて踊り出しそうだ。昔日の巨匠ムンクがゾンビになって墓場から生き返ったら、こんな絵を描いたかもしれない。

私は目の縁をしかめ、平べったい光筆を手に取った。筆といっても、先端は輝く宝石のような結晶素子——光を記憶する筆だ。

「ひどい画素ノイズだ。これが布のキャンバスだったら、油と煤が真っ黒に積層した上、埃の固い皮膜に褐色の亀裂が何本も走っているってところかな」

「直せそう？」

さざ波のような、おだやかな若い女性の声が耳元に触れた。アシスタントの里瑠だ。電子的に再現された名画の修復に悪戦苦闘する私の集中力を損ねないよう、そっと見守っている。

里瑠は落ち着いた仕草でハンカチを出し、額ににじむ汗をぬぐってくれた。指先からかすかな香のかおりがそよぎ、私の鼻腔を愛撫した。それが私の心のいらだちを鎮め、少し救われた気分になった。

ノイズだらけのこの絵は、満身創痍(まんしんそうい)だった。しかし実物ではない。かけがえのないオリジナルの作品は八十年前の大戦で失われてしまった。そして作者の生命も。今、私が修復にかかっている絵は、作者が生前に自らの手で描いた原画を非接触スキャナにかけて電子の目で無数に分割認識し、正確に画素分類してアートディスクに記憶させた複製画だ。

そのアートディスクは、イーゼルの隣の専用ドライブで回っている。アートディスクのつややかな面に刻印された光信号をセンサーがすくい取り、人工の網膜細胞を下地にしたバイオ・キャンバスに移し替えている。

これが完全なアートディスクなら、完全な絵が得られる。色彩、タッチ、素材感、絵の具の微妙な厚みに至るまで、実物そのものの完璧な複製画が私の前に現れているはずだった。

だが、このディスクは難物だった。有害な放射線に被曝(ひばく)し、破壊的な電磁波の衝撃にさらされている。そのナイーブな光信号の記憶配列は乱れ、入れ替わり、そぎ落とされ、意味不明のノイズに侵されていた。

「何とかするさ。いつものように」

私は自分に言い聞かせた。——どうした、トモ・弘光(ひろみつ)。銀河系はオリオン腕で最高の美術修復士(レストアラー)と豪語(ごうご)していたのは出まかせか。この絵画コピーは芸術家の微妙な手作業がなくては直せないのだ。おまえの光筆捌(さば)きで、復活しなかった絵はなかったはずだ。信じろ、自分の腕を。

そして私は念じた。巨匠よ、よみがえれ。芸術と美の女神、ミューズよ。指先に宿れ。

私は左手に装着した光パレットの上にホログラフィで浮かぶ色立体に光筆を触れ、修復用の洗浄光を直感的に選んで筆先に記憶させた。

「ちょっと手荒いが、試してみる。中和光も用意してくれ」

里瑠はうなずいて、軸先（じくさき）を広げた自分の光筆に中和光をチャージし、いつでもキャンバスにその太い光条を着光できるように構えた。

私の光筆は慎重（しんちょう）に、かつすみやかに強力な洗浄光をひと刷け、画面に塗布（とふ）した。イーゼルにかけたバイオ・キャンバスから、ドライブの中で回っているアートディスクの画素メモリへと、色彩を溶かし去る洗浄信号をフィードバックしたのだ。瞬時にして効果が現れる。画素ノイズが煮立（にた）ったミルクの湯気のように散逸し、透明になった。ノイズに隠されていた絵の表面が浮き上がる。

「今だ！」

里瑠が、すかさず中和光をそこに重ねた。洗浄光による画面の溶融が止まり、その下から剝き出しになった画像がそのまま定着した。見事なタイミングだった。本来の絵をあらわにした状態で、光の動きが静止する。

二人の息はぴったりと合っていた。里瑠は私よりも銀河標準時（GST）で十年ほど若く、アシスタントとしてのつき合いは彼女がまだ画学生だったときからだ。結婚こそしていないが、仕事の上でも生活においても、それ以上の関係だった。ただ里瑠は、よく気がつく代わりに口数が少ない。だから二人の仕事は、黙々と進むことが多い。

　里瑠のため息が漏れた。成功だ。画面の四分の一ほどだったが、本来の絵のコピーが姿を現したのだ。

　それは冬を感じさせる、荒れ果てた草原の一部だった。枯れてしなび、地面に横たわった下草――それが弱い月明かりに照らされている。たったそれだけの画面だったが、私の目はその枯草の一本一本に、巨匠のタッチを発見していた。限りない孤独を象徴するモチーフのひとつだ。

「彼の作品ね……」里瑠も鋭い視線で作品を鑑定し、ひそやかな声で、八十年前の星間大戦で亡くなった一人の偉大な画家の名前を述べた。「確かにカルロス・マザッキオの作品だわ。大戦の前に、カルロス自身が原画を電子的にコピーした、限定版の複製画でしょうね」

「そうだ」と私も同意した。「乾いた喪失感とさえた寂寥感。色彩がないようで、確かにある。生命のない枯草でありながら、冬を越した日々の再生を暗示する力が描き込まれている……」

　これは、何としても全体を修復しなくては――と強く決意して、私はキャンバスいっぱいに、修復できた部分を拡大投映した。作者カルロスの筆の流れを微視的にチェックするのだ。あまりにも急な拡大だったので、衛星軌道から地面に向かって飛び下りるような錯覚があった。

　そのとき、私は見つけたのだ。

「これは……」

しなびた草が折り重なって作る影が、魚の形を描いていた。拡大して初めて判別できるほどかすかな陰影だったが、里瑠もすぐに気がついたようだった。静寂に沈む草むらの中で、その魚の影だけに微妙な生気が宿っていたからだ。

「この魚は?」

「イカルイットだ。ニジマスの改良種だよ」と私は確信を持って答えた。「見ろよ。魚の顎(あご)の曲がり方が独特だ。……これは、カルロスのサインだな」

里瑠の瞳が祝福をたたえて私を見つめた。

「じゃ、この絵は間違いなくカルロスの、失われた絵の一枚なのね!」

私はうなずいた。カルロスは自分の名前ではなく、こよなく愛していた魚の形で署名を残している。そして――画家はしばしば、ちょっとした個人的メッセージを画像プログラムの裏に隠す。前宇宙時代の画家が、大作を仕上げたあとの愛着と満足感を文字にして、こっそりとキャンバスの裏張りに記(しる)したようなものだ。電子複製画のサインは、画家個人の裏メッセージを開ける鍵(かぎ)になっていることが多い。

カルロスの場合は、どうだろう――私は光筆を持ったまま思案した。魚は彼の生命、彼の画家としての存在そのものといえるほど重要なモチーフだ。それは、彼がこの絵に与えた生命を象徴している。それは、消されてはならない印のはずだ。

それならば――私は光筆に洗浄光を含ませた。どんなに濃密な画素でもたちどころに溶かしてしまうほどたっぷりとつけ、重々しくキャンバスに近づけた。

「どうするの！」

里瑠が不安に駆られて、私の肩に手を置いた。せっかく修復に成功しそうな絵をだいなしにする気かと思ったのだろう。

「しっ！」私は声で里瑠を止めると、ひたすらにカルロスの魚を凝視した。消えてしまうだろうか、彼のサインは。それとも――

筆先が触れただけで、絵の光の重なりがたちどころに分解してしまう破壊的な洗浄光――それがキャンバスに接触する寸前だった。

魚が動いた。

それは跳ねたのだ。古代の漁師の銛(もり)をかわす賢い魚のように、ぴっと尾ひれをはためかせ、致命的な洗浄光の洗礼から逃(のが)れてキャンバスの中央を目がけて跳び上がった。

その瞬間、画面が反転した。

あっと思う間の出来事だった。私は反射的に光筆をそらした。

絵の中央にウインドウが開いていたのだ。

それは画素ノイズに汚されていない、明るく鮮明な画像だった。現実感にあふれた実写だ。

航宙船のブリッジの中を映している。使い込まれた、実用的な船だ。航法電子脳は出航前のプログラミングにかかっているようで、あわただしく操船席のディスプレイにデータを瞬かせている。

展望窓の前に二つ並んだ座席のひとつにかけていた男が立ち、この光景を映しているカメラの方を振り向いた。四十代半ばのがっしりした体格のその男は、顎から頬をおおった髯の中から、芸術家らしい素朴な笑みを私に送った。

『やあ、きみ。おれのかわいいレディ・リイ。……これからおれがやることは、二人だけの秘密にしてくれたまえ。まず、おれがどこにいるのか、知らせておこう。惑星カムスの軌道の上だ。今、おれが乗っている船は〈ハリバット〉号さ。生魚運搬船だ。生きのいいイカルイットがしこたま、水槽で跳ねているぜ。ながめも最高だ。カムスがこんなにすばらしい星だとはね。透けるほど美しい大海原、雲ひとつない快晴、海底の起伏から、魚群すら肉眼で見えるほどさ。大自然はまさに絵画そのものだと証明しているかのようだ。……で、おれが何をしようと思っているかわかるかい?』そして彼の子供のような表情に、ちらりと深刻な陰りが差した。『実は自分でも、何をしようとしているのかよくわかっていない。ま、褒められた行為じゃないことは確かだけどね――おれは、この船を奪ったんだ。おれの作品を載せて、オートパイロットで未来の平和な世界へ脱出させるつもりだ。おれはきみがいるカムスの地表へ戻る。だが……もしもこの戦争できみの方だけが生き残ったら、宇宙のどこかでこの船を発見してくれ。この船に積み込んだおれの新作はみな、きみのものだ。さて……これは、芸術を救う偉大な事業か、はたまた一世一代の悪事なのか――レディ・リイ。それはきみが勝手に決めればいい』

私は電撃に撃たれたように、緊張してその人物を注視した。カルロス・マザッキオ——銀河の近代美術史に謎の足跡を残した人物、あらゆる美術研究家が資料を追い求め、画商たちが舌なめずりをする、画壇の天才。それも八十年前の大戦に先立つ、彼の生前の貴重な映像だ。

これが、彼の失われた作品にからむ、奇妙な事件の始まりだった。

＊

カルロス作と伝えられる、傷ついたアートディスク。その修復の仕事を受けたのは、昨日の夕刻のことだった。

惑星カムスは気候のおだやかな海洋惑星だ。島はひとつしかない。ひなびた空港にアトリエ航宙船〈D・エルスター〉号を降ろすと、私は里瑠を港湾事務所に残して、この星で最大のホテルに向かった。そこに依頼主が滞在しているのだ。

ホテルは海に面していた。その専用船着場から、岸壁近くに浮かぶ、古い遊覧船を改造したフローティング・レストランへ渡る。ウェイティング・バーに待つ彼女はすぐにわかった。豊かにウェーブした藍色の髪と、それ以上に深い藍色の瞳が私を迎えた。

「……私はジューン・ベルネーム。ご連絡さしあげたとおり、ささやかな画商ですわ。銀河美術館のキルディン部長にこの仕事の話をしましたら、あなたが絵画修復の第一人者だと、ご紹介を受けたんです」

そう言って、彼女は名刺を差し出した。

「あの狸親父が……」と悪態をつきかけて、私は口ごもった。私の身分はフリーだが、銀河美術館の奴隷頭と悪名をはせる学芸部長、キルディン氏の仲介となれば断れない。彼にはあれこれと個人的な弱みを握られていた。とくに、世間に知られていない、私のもうひとつの職業を知っているという点において……。

「どうかなさいまして？」ジューンは水晶球の輝きのようなほほ笑みで食前酒を勧めて訊ねた。

「まるで肖像画を描く画家の目つきですわよ。私の顔を遠近法で測っておられるみたい」

「そうですね」私は三十男の、わざとらしい笑顔でお世辞を言った。「まったく、これからあなたの肖像画を描く画家ほど不幸な男はいない。なぜなら、一千年は昔のロマン主義時代にあなたを描いた傑作があるからですよ。その絵よりもあなたを美しく描くことは、不可能だ」

「あら、どなたですの？　その粋狂な前宇宙時代の画家先生は」

「ブリテンのジョージ・ロムニー。彼が描いたレディ・ハミルトンにそっくりだ、あなたは。とくに、キルケに扮したレディ・ハミルトンにね」

「それは光栄ですわ。レディ・ハミルトンはあのネルソン提督の愛人だった方ですわね」

「歴史的に肖像画というものは、正妻よりも愛人の方が美しく描かれがちだ。その方が芸術家にとって魅力的な素材だったんです。つまり……芸術の女神は常に、不安定で危険な愛を好むからでしょう」

怪しげな美術史の講義のようなせりふだったが、ここでジョージ・ロムニーの絵を口にしたのには理由があった。数週間前、ジューンがまさにその絵――レディ・ハミルトンの肖像を記録的な高額で競り落としたことを私は知っていた。バーナード・クリスティーズのオークションで。たぶん彼女の背後にはゲッティ財団がついていたのだろう。大戦後八十年、いまだに絵画の大高騰の嵐が続く中で、ジューン・ベルネームの画廊はさながら台風の目だった。小さいが見落としてはならない存在だ。彼女はいつも銀河オリオン腕の絵画市場を三年後に震撼させる絵を見分けているという噂だった。贋作と電子コピーがひしめく業界の中で、本物の、比類なき芸術の結晶をつかみ取る心眼を持ったレディ――すなわち私と里瑠の最大の敵だ。

「お褒めいただいて嬉しいですわ、トモ・弘光さん。私もあの絵は気に入っています。何といっても、ジョージ・ロムニー自身の真筆ですもの。アルデバランの軌道に隠されていた美術避難船からサルベージされたもので、大戦後につくられた贋作ではありません」

私は曖昧な表情のまま、彼女の視線から目をそらした。特殊な審美眼を具えた女性だ。この世のすべてのものを美と醜に分類する目、芸術の美しい面も醜い面も金額に換算できる能力――私はそんな相手が苦手だった。彼女は思ったよりも、私の影の職業について詳しそうだ。

「あなたがおっしゃるなら、そのとおりだ。私の知る限り、大戦後に描かれた偽物のレディ・ハミルトンは六枚ある。そのうちの一枚は三年前にアルタイル・サザビーズが主宰した汎銀河オークションに、本物として出品されていました」

「ええ」彼女はにっこりと笑った。勝ち誇った笑みではなく、好敵手の腕に称賛を贈るように、清々しく。

「私も競りに参加していましたわ。あれは、すばらしい贋作でした——千年前のキャンバスに描かれ、絵の表面のひびも、本物そっくりでした。しかもただの贋作には見られない、私の感性に響く技量が光っていました。あの贋作を描いた人は、本物の作者の心までも転写できる、真打ちの贋作者にちがいないと思います。ですから、トモ、あなたにお会いしたのです」

そうか、やはり彼女は知っていたのだ。しかしジューンには私に敵対する様子はなく、贋作屋への蔑みも見られなかった。

「しかし、あなたはあれを見抜いた。見事な観察眼ですよ。あの偽物でひと儲けしようとした不逞な男はあなたに降参し、どうやって見抜かれたのかと尋ねたいところでしょうね」

と、私はふざけた調子で、しかし正直に両手を上げて降参した。贋作者は私自身だった。里瑠と二人で制作し、数年分の生活費を稼ぐつもりで、こっそり市場に流したのだ。ルネサンス期のフレスコ画から、最新の電子コピーの複製画まで、芸術作品といえるものなら何でも修復する腕があればこそ、一流の偽物をつくることができる。しかし精魂込めて描いた私の贋作は、偽物にふさわしい二束三文に下落してしまったのだ——彼女の目をあざむけなかったために。

「あら、見抜いたのではなく、嗅ぎ分けたのです。絵の表面にパンケーキのかすかな残り香がなかったら、私もあのレディ・ハミルトンを真作だと判定していたでしょう。絵の表面に黄ばみとひび割れを生じさせて〝時代〟をつけるために調理用のオーブンで焼く手法があると知っていましたけど、実はごく最近に誰かがパンケーキを焼いたばかりのオーブンが使われていたんですね」

図星だった。絵を古く見せるために、アトリエ船に積んでいる骨董品のガスオーブンに入れ、ほどよく焼き上げたのだったが、その直前に同じオーブンで里瑠がパンケーキを焼いていたことを忘れていたのだ。それで足がついてしまった。しかも運の悪いことに、そのオークションで大枚をはたいて、危うく贋作を競り落とそうとしていたのが、ほかならぬ銀河美術館――業界人は〝銀美〟と呼ぶ――のキルディン部長だったのだ。キルディンはしつこく贋作のルートを調べ上げ、作者が私であることを突き止めていた。彼は告発はしなかったが、私の方は、まあ彼の頼みを断れない関係になってしまったことは事実だ。

「いやまったく、間抜けな贋作者ですよ」

赤面した私の見え透いたせりふを彼女もさらりと受け流した。

「いえいえ。なかなかのユーモアの持ち主とお見受けしましたわ。贋作と、ケーキの韻を、芸術的に表現なさったことが。そして、その人物の腕が、私には必要なのですわ。一流の贋作者こそ、損傷した芸術をもとのままに修復できるのですから」

彼女は勿体なくも、私を熱い眼差しでじっと見つめた。背筋を至福の予感が走り、私はジューンの依頼がどのようなものであれ、誠意を傾けようと決心した。

「で、私の仕事は？」

そうジューンに尋ねたとき、給仕長が現れて、私たちをテーブルに案内した。海が見晴らせる最高の席だった。冷たい外気は透明壁にさえぎられていたが、ときおり突風が吹きつけて、レストランの甲板をたゆたうように上下させた。酒がなくても、それだけで私は酔ってしまいそうだった。いや、すでにジューンの魅力に酔いしれていたのだ。古風なイブニングドレスの、細やかなプリーツがしなやかな肢体の線に沿って流れ落ちる。彼女はまさに、神話の世界から抜け出してきた美神だった。

「失礼とは思いますが、真作の修復ではありません」ジューンは海藻のワインが入ったグラスを私に向けて捧げて言った。「真作を何枚か電子メモリに収めたアートディスクの修復なのです。古く、傷みが大きすぎて、画像の再生がまったくできません」

「ほう……」

私は彼女からくだんのディスクを受け取った。出版社が出した画集でなく、個人的に画像データを編集したものだ。高性能なディスクだが、めずらしい品ではない。だが、円盤に刻印された入力日付は、その価値を数百倍に高めていた。それは八十年前の大戦が始まった、まさにその年のものだったのだ。

「……カルロス・マザッキオか」

ジューンは目を丸くした。

「よくおわかりね」

「当然ですよ。カムスに呼ばれて、絵の修復を頼まれるとしたら、カルロスの作品しか考えられない。しかも彼の絵は、一枚も現物が残っていない。アートディスクの電子コピーだけだ。それですら、大変な価値がある」

「そうよ。それも、今までに知られていない新発見の作品ならなおさらね」

「このディスクが？」

「ええ……」ジューンは目に妖しい光をためて私を見た。「どれくらいの値打ちに鑑定なさるかしら？」

そう言って彼女は手のひらを開いて、五本の指を出した。

「五万？」

彼女は笑って指を左右に振った。

「四ケタ足りないわ」

「五億！　恐れ入ったな。値上がりしたもんだ。ただの電子コピーで、その値段か」

「もしも、本物の真筆だったら、幾らになると思います？」

私は再び目の前に差し伸べられた彼女の五本の指に面くらった。

「じゃ、五百億かな？」

再び指が振られた。

「やはり四ケタ足りないわよ」

「冗談だろ！　それじゃあトリプルＡ級の惑星の島を丸ごと買えるほどの金額だぜ」

「もちろんよ。それだけの価値があるの」

「そんな金を一枚の絵に払えるやつは、どこにもいやしない。銀河美術館ならともかく」

彼女がうなずくのを見て、私は悟った。――そうか、銀美だ。キルディンの爺さん、ジューンによからぬ約束をしたにちがいない。修復さえできれば、銀美はこのアートディスクに十分な対価を支払うよ。ついては、いい修復家を知っている、トモ・弘光という男だ。風体はよくないが、偽物づくりにかけてはちょっとしたものさ、それにあいつは仕事を断りなんかしない――と。

なるほど、これだけの美貌だ。キルディンが一目でジューンにまいってしまっても不思議はない。そして銀美は、そこいらの星間国家では太刀打ちできないほどの財力と政治力を蓄積している。

「売り物となると、それなりの技術料をもらうことになるよ……」私は用心深く言った。「売るための修復は、ビジネスの領域だ」

「ええ、もちろん。あなたの腕の確かさはよく知っていますし、それに見合うだけの報酬はご用意しています。……それに、私はカルロスのこのディスクを手放すつもりはありません。絶対に」

「と、いうと？」

「私はカルロスを愛しています」

「ふむ……八十年前にこの世を去った画家をねえ」

私の心中に、小さな嫉妬が芽生えた。それなら私は、カルロスの技法をすべて解明してやろう――と。ジューンはそれを予測していたように、言葉を継いだ。

「トモ……このディスクの修復には、カルロスのつかみどころのない技法を、完全に自分のものにできる人が必要です。カルロスのすべてを包容できる力量です。私は、ですから――あなたにお願いしたのです」

申し分のない殺し文句だった。このとき私は報酬などどうでもよくなったのだ。この有能にして美しい女性とともにひとときを過ごしたい――できることなら彼女の肖像画を描きたいという衝動が持ち上がってきていた。

「そこまで言っていただけたら、この仕事、私にできないとは言えませんね」

その言葉を待っていたかのように、ディナーが運ばれてきた。海藻のサラダ、見たこともない大きな貝柱の刺身などだ。――カムスはこの島しか陸地のない海洋惑星です。食事はすべて広大な海のさざ波と、理想的な陽射しを送る太陽からの恵みなのです――そういった説明を給仕長がした。私も知っていた。八十年前にカルロスがこの島の水産加工所で絵を描いていたころから――いや、もっと昔、この惑星が永住可能な惑星として人類に選ばれて、大気や水の組成に改造が加えられていた時代から、カムスで自給可能な食糧は海産物に限られていたのだ。

大きめのテーブルを、すぐ料理の皿が埋めつくした。最後に中央に置かれたのは、長方形の深い銀皿に、ぴっちりと蓋をかぶせた何かの蒸し料理だ。給仕長が銀色の蓋の加圧バルブを手際よく調整するのを見て、私は料理の名前を尋ねた。

「トゴリ料理です」と給仕長はお定まりの説明を繰り返した。――カムスの海の特産物である魚、イカルイットの身をペースト状に練ったトゴリを微生物によって発酵させ、微妙な味わいを醸し出したものです――。

「カルロスの好物だったそうよ」とジューンが説明を補足した。「イカルイットはこの星の海に適合するよう改造された食用魚で、カルロスはその養殖を管理する水産加工所の職員だったのですわ。ですから彼は自分の絵にイカルイットの形をしたサインを入れています。魚も、その料理も好きだったようですね」

私は空腹感に誘われて、いそいそと自分の皿に前菜を盛って言った。

「芸術家はなぜか料理も上手だったりします。……絵画修復も、料理と同じでね。電子コピーの複製品を光筆でいじくるよりも、昔の真作の修復がおもしろい。当時の画家が使った旬の材料をそろえることから始まります。卵の黄身とラヴェンダーの油、そしてほどよい水を混ぜてテンペラをつくるとか。巨匠――オールドマスターの作品はおおかたそんな素材でできている。昔風のパステルなんか、アトリエのオーブンで焼いてつくる。まるでケーキだ。アシスタントの里瑠は食べられるケーキを焼く方が好きなんだが、その結果、私はケーキくさいパステルで描き、里瑠はパステルくさいパンケーキを食べるってことになる」

私は饒舌（じょうぜつ）になりすぎていた。ジューンの美しさに海上レストランのゆれが加わって、すっかり気分が舞い上がっていた。

「でも最大の問題は、オリジナルを描いた画家の魂が、この私に乗り移ってくれるかどうかなんです」私は上機嫌で手を動かした。指先が目に見えない鵝（が）ペンを操って、二人の間の空中にジューンの端正な頰の輪郭をクロッキーした。「……つまり、ミューズです。芸術と美の女神が一夜の間、この指に止まってくれればいい。どんなに困難な修復だってできる。その画家になりきることで――すると私の指は画家の心のままに動いて、気がついてみると、汚れを落とし、欠落した部分を埋めた、真実の美しさがよみがえっている」

「すばらしい……」ジューンはうっとりと私を見つめ、グラスの発泡水をゆらした。天井の古色じみた黄色灯の光がグラスに跳ね返って、彼女の表情を浮き立たせた。

「それだけの力量をお持ちのあなたが、なぜかご自分のオリジナルな作品を描かれないのは不思議ですわ。銀展に出品なさったことがおありではありませんの」

銀展――銀河芸術トリエンナーレは、銀河美術館（GM）が主催して三年に一度開催される星群規模の公募美術展だ。若手作家の登龍門（とうりゅうもん）。この銀展で入選することは、芸術の才能を銀美に認められることであり、カネもコネもない貧しい駆け出しアーティストにとって、それ以外に自分のオリジナル作品を売る道はないといえた。

もちろん、私も十代の画学生だったときからこのトリエンナーレの応募を始めた。しかし落選に次ぐ落選、星域予選ですら、箸にも棒にもかからなかった。伝統的な画壇の権威の壁は厚く、現代の新進芸術を受け入れる気風がないのだろうか。——おれには才能ってものがないのか、それとも運がないだけなのか——と悩んだ私は卒業制作の作品を持って銀河美術館に乗り込み、銀展審査委員でもあるキルディン部長に直談判したことがある。若気の至りというやつだ。おれの作品を一目でもいいから見てくれ、どこがいけないのか教えてくれとせまる青二才の私に、キルディンはそっけなく答えた。——ねえきみ、その四角い形をした、青春の浪費をここへ置いて帰るのだけはやめにしたまえ。銀河美術館は芸術の殿堂だよ。芸術作品しか、ここには存在を許されないのだ——と。

私の挫折は早かった。

だから私は、贋作屋になった。

だから私はジューンに言った。

「贋作も修復も、まず自己の芸術の美神を捨てることから始まります。何よりもまず、無私でなくてはならない。自分をからっぽにして、無色透明にして、そこに偉大な芸術家の美神が乗り移れるようにしてやる。私はただの容れ物。人格のない、ミューズの〝乗り物〟にすぎないのだ——とね。自分だけの独創的な作品をつくろうとか、過去の巨匠をいつか未来の自分が乗り越えていくはずだ、などと傲慢な思念にとらわれたらおしまいです。ひたすら謙虚に、自分を殺す。そして祈るだけです。偉大な巨匠の美神よ来たれ、宿れ、この筆に——とね」

ジューンはただうっとりと、私の指に見とれた。

「私にはできないことだわ。それは一種の霊感なんでしょうね。この世界を漂っている芸術家の魂が降臨する瞬間だわ。一生に一度でも、芸術の神髄(しんずい)を自分のものにできたら——死んでもいいくらいよ。……きっとあなたならカルロスの魂を捕まえられるわ」

「やってみるさ」

そう言って、私は水上レストランの舷側(げんそく)に開いた窓から、カムスの大洋をながめた。八十年前、彼もきっとこの同じ、暗くたゆたう波をながめ、画想を練ったのだ。カルロスが選ぶモチーフは決してユニークではない。豊かな波に群れつどう魚たち、海岸の潮風、浜に朽ち果てた船の残骸(ざんがい)——そして当時カムスで生活していた芸術家仲間や、彼の絵を愛(め)でていた女性たち、取り分け、カルロスのパトロンでもあった若い市長夫人レディ・リイ。藍色の髪、藍色の瞳の貴婦人。カルロスの守護者であり——そして愛人。

カルロスはそれらを描いた。ありふれた日常を。

しかし、取り立てて特徴のない画題にもかかわらず——しかも本物の絵が一枚も残っておらず、電子コピーが二十枚そこそこだというのに、カルロスの名声は高まるばかりだ。

彼の絵は天才以上だ。絵の感情的な深みとでもいうか、人々の心を引き込む力がある。筆で引かれた海岸線と水平線の見事な黄金分割。浜辺に咲く一輪の花が発散する生気。一本の草、一粒の砂までが宇宙の摂理に象られているかのようだ。

カルロスの絵を言葉で形容しようとする努力を、私はすぐに放棄した。駄作なら言葉に置き換えるのは簡単だし、言葉の方が表現力において駄作の絵にまさることがある。しかしカルロスの絵は例外だった。描き方すらわからないのだ。この星を襲った大戦の惨禍が、彼の生命と作品を消し去ってしまったのだ。彼の絵が何に描かれていたのかも特定できない。キャンバスか、紙質ボードか、それともフレスコ画として石膏の上に描かれたものだろうか――電子コピーのデータを幾ら精査しても、判別できない謎だった。

「何を考えているの？」

ジューンが訊いた。

「彼がどうやって絵を描いたか。それがわかればなあ。彼が画家になったのは三十代に入ってからだ。それでも天才を発揮した……」

「あなたと、ほぼ同じ年齢のときね」

「そうだ……」酔いがいよいよ回ってきた。トゴリ料理の加圧皿の蓋を開ける前から、もうでき上がりかけている。「……あのとき、彼は……」

「ここにいたわ。あなたの、その席に」

ジューンのさらりとした、そして確信に満ちた宣告に、私は息を止めた。まじまじと、ジューンを見た。ジューンはさりげなく言葉を継いだ。

「愛してるわ。カルロス」

そのとき、私の中で何かがぱちんとはじけた。しばし息を止めて、私はその変化を感じ取った。アナログ時計の秒針が、突然止まったような感覚だった。それまで片時も休まず時を刻んできたものが、一瞬にして動きをやめ、そして逆転を始めたのだ。日付が戻り、年代が戻り、私の意識は八十年前にこの席にいたカルロスにオーバーラップした。

それはジューンの暗示が私の意識に植えつけた錯覚だったが、私はその幻視をこころよく受け入れていった。テーブルに置かれたカルロスのディスク。その修復作業には、私がカルロスになりきることが、むしろ必要なことだった。

「周りをご覧になって、カルロス。……あの日の、あのとき、そのままよ」

促されるまま、私は首を回した。テーブルで思い思いに談笑している乗客たち――誰もが古めかしい服を着ていると思ったが、それは八十年前、カムスで流行(はや)っていたファッションだった。裾(すそ)の長いジャケットに、少々ドレープがしつこいドレス。それが不思議と違和感なく背景に収まっていたのは、このレストランが、戦前から就航していた遊覧船だったからだ。デッキを照らす黄色灯のシャンデリア、壁にかかった絵皿、そして物憂(ものう)げな調べを奏(かな)でるチェレスタ――すべてが八十年前、戦争が始まったその年、そしてカルロスがその人生を終えた年に、ここにあったものに相違なかった。私は今、カルロスの時間をコピーした額縁(がくぶち)の中に立っていたのだ。この光景をキャンバスに移せば、そのまま八十年前に描かれた風俗画になるだろう。

この環境は、偶然のはずがなかった。これはジューンが私に仕掛けた演出にちがいない。レストランを貸し切りにして、当時と同じ衣装を着たエキストラを配していたのだ。

私を、カルロスにするために。

「見て！」

ジューンが窓の向こうに注意を向けた。

カムスの大洋の落日だ。赤く燃える標準型の太陽が、その下半分を水平線にとろけさせながら降りていく。凪いだ。茫洋とした光を反射し透過させて、海面が藍、紅、紫へと目まぐるしく変転する。私は見とれた。そうだ。これこそ一幅の名画だ。すると海面に小波が立ち、銀色の筋が走った。筋は何本も集まり、複雑な色模様を展開する帯となって、私の眼前に綾をなした。よく見るとそれは細かな粒子の集まりだった。粒子は魚だった。海面近くに上ってきたイカルイットの魚群――この星の生態に合わせて改良された汎用魚だ。

その景色に圧倒される私の耳元には、しかしやさしい波音ではなく、乗客たちの虚なさざめきが重なっていった。

――戦争が近いんだって？　――ええ、シリウスとプロキオンの関係が険悪だわ。――星間貿易が途絶えた開拓星もあるって。ソルも大変みたいよ。メトロポリタン美術館が美術避難船を仕立てて、所蔵品を宇宙のどこかに隠そうとしているんだって……。――優雅な連中だな、自分たちの生命の方が危ないってときにさ。ねえ、カムスは大丈夫なの？　――どうなるの。

魚以外の食糧はみんな輸入なんでしょ？　――まずいよ。この星は生態システムが完成していない。電離層にプラズマ爆弾を一発食らうだけで、海洋プランクトンが全滅する。食物連鎖は大打撃を――。

美しい自然を愛でながらも、背後に忍び寄る不安。大戦の足音がふつふつと聞こえてくる中で、カルロスは絵を描き、ここで食事をし、語ったのだ。

だれと？

「レディ・リイ」

私はジューンをそう呼んだ。カルロスのパトロン、そして愛人。ジューンは細やかな動作で、肩を隠していた薄いケープを取り去った。胸元を清楚（せいそ）に整えたハイウエストのその衣裳は、八十年前のこの席でレディ・リイが着ていたものと同じイブニングドレスだった。ジューンの年齢も、当時のレディ・リイと同じ二十代後半であることに私は気づいた。

このレストラン自体が過去を再現する舞台であり、すべてがジューンの演出だとわかっていながら、私はのめり込み、贋作屋トモ・弘光を忘れた。何をためらうことがあるだろう。私はカルロスだ。カルロスはレディ・リイを愛しており、そして目の前のジューンは、まさにレディ・リイなのだから。

「愛している。レディ・リイ」

私は真顔でそうささやき、ナイフとフォークを取り皿の片側へ片付けた。ジューンもそうして、静かに熱い視線を返した。二人ともまだ、メインディッシュに手をつけていなかったが、空腹感は消えていた。二人は心の飢えを満たすことに夢中で、食事は後回しでよかった。私の中に像を結びかけているカルロスと、彼女の中のレディ・リイがお互いの存在を一刻も早く確かめたがっていたのだ。

「お食事は？」レディ・リイが尋ねた。私は黙って首を振った。彼女はゆるゆると席を立って言った。「私のお部屋にどうぞ。ディナーの続きは部屋に運ばせますわ。ホテルの最上階です。これから満天の星空と夜の海をながめません？　二人きりで、心ゆくまで」

私に異論のあるはずがなかった。

*

ジューンの深い藍色の髪を透かして星空をのぞみながら、私はカルロスの過去のイメージをさまよっていた。ジューンは夕日に跳ねるイカルイットのように、なめらかな背をくねらせ、海流をかき分けるひれのように、四肢で私を抱き、撫で、すべらせて私を受け入れていた。カルロスもこのような想いでイカルイットを愛していたのだと、私は思った。レディ・リイもきっとあの魚のように、カルロスの腕の中でしなやかに泳いだのだろう。

「もう、明け方ね。部屋の中が水族館みたい……」

ジューンの、まだ熱っぽさが残る息遣いを耳に感じながら、私は彼女の髪から顔を起こした。三方の透明壁から見渡すカムスの海原がどこまでも蒼く、曙光を迎える前のとろみのある大気に色を吸い上げられて、広々としたスイートの空間を水の色に染め上げていた。部屋は暖かいのに、私はなぜか首筋に寒さを感じ、肩をすくめて唾を呑み込んだ。彼女は小首を傾げて、ん？ と私を見た。

「不安だ……」と私は答えた。「言いようのない不安が、毛穴からしみ入ってくる。カルロスがレディ・リイと激しく愛し合ったのがわかるよ。彼はきっと不安に駆られていたんだ。この星からすぐにでも逃げ出したくなるほどの」

ジューンは不満げに唇をとがらした。

「あら？ そんなに私が恐ろしくて？」

「気を悪くしないでくれ。不安だったから、カルロスはきみとの愛を求めたんだ。戦争のことが気がかりだったんだろうな。カルロスは結局、大戦が始まり、カムスが最初の爆撃を受けたときに死んでしまったが……」

ジューンの唇が返事の代わりに私の耳から背筋へと濡れた筋をつくった。

「追い詰められた天才は、類なき芸術をこの世に射精する。……失礼、今のは男だけの偏った表現だ。だが芸術と愛は、古来から表裏一体だった。生存を脅かされた芸術家は、必死で作品を生み落とす。その緊迫感とすぐれた才能がバランスしたとき、傑作がこの世に形をなす」

「昔からね……。カルロスにとってはかわいそうだけど、偉大な巨匠を培う土壌は不幸に満ちていたわ。報われぬ愛、戦争、迫害、逃亡——そして飢え。生きていた間に認められた巨匠も少ない。カルロスも……。でも、亡くなって八十年の今は、巨匠の座に輝いている。この星の星空みたいにね」

「そうだ。こんなふうにレディ・リイとの結ばれない関係にひたっていたころは、彼もただ名もない日曜画家の一人だった。陽が昇れば岬の水産加工所に出勤して、イカルイットの養殖いけすでせっせと餌まきに励む毎日だったんだ。不朽の名作をものにする人物ってそんなものかな。何かに追われて、逃げ切れずに作品を生み落としたら、あとは死ななきゃ認められない」

「仮にそうだとしても――」ジューンはきっぱりと言い切った。「私が愛しているのは巨匠のカルロスだわ。水産加工所の職員なんかじゃない」

「カルロスはどうして逃げなかったのだろう？　航宙船はあったはずだ。水産加工所は、恒星間航行が可能な生魚運搬船を何隻か持っていた。それも直接、海上に降りることのできる頑丈なやつを。なのに彼はカムスの島にとどまり、爆撃を受けてしまった」

「それがどうしたというの？　昔のことよ――彼の絵とは関係のない、八十年前の戦争の痕跡にすぎないわ」

「でも、変だな。どこか引っかかる。あの時期はどの星も、秘蔵の芸術品を脱出させるのに懸命だった。地表の美術館が爆撃で壊滅する前に、作品を梱包し、宇宙船に積み込んで逃がした。メトロポリタン、ウフィツィ、ルーブル、ブリティッシュ、プラド、エルミタージュ、VAにテート――どこの美術館も、そして個人作家も作品の脱出をはかった」

「おかげで本物がどこにいってしまったのか、さっぱりわからなくなってしまったわ。おそらく八十年前に人類が持っていた芸術遺産の半分は救われたはず——といっても、多くの美術避難船が宇宙を航行中に、戦火に巻き込まれて破壊されたんでしょ。そうでなければ、行方知れずのまま、銀河のどこかをさまよっているという話だわ」

「軌道座標が秘密にされたまま、関係者の大半が戦死してしまったからね。戦後の美術市場は電子コピーと偽物の世界になってしまった。そうでなければ宝探しだ。美術避難船がどこかの軌道に投射したり、小惑星に隠した美術収蔵コンテナが発見されるのを待つしかない」

「でも……まさか、カルロスが？」

「さあ……。でも、彼の真作は爆撃で燃えてしまったことになっているけど、もしかすると何かの方法でカムスを脱出させたのかもしれない。そんな気がしたんだ。戦争の不安——自分自身の死の不安に駆られた芸術家はせめて自分の作品だけでも後世に残そうとするんじゃないか？　むしろ、自分の肉体や生命よりも、大切なそれらの作品を……」

「もしそれが事実で、彼の作品をサルベージできたら、美術史に残る快挙ね。全財産と命を懸けたっていいわ。それだけの価値はあるはずよ。本物のカルロスに会えるのなら」

そしてジューンはすっとベッドを降り、薄いローブを羽織ったまま、ワゴンテーブルに載った大きな加圧皿の蓋に手をかけた。昨夜、レストランから運ばせたトゴリ料理のトレイだった。加圧つまみのタイマーがまだ回っている。

「さあ、大戦の歴史はもう忘れて。何だかお腹がすいちゃったわ。食べそこねた料理を味わっておくなら今のうちよ。戦争があったのは八十年も前のこと。カムスは電離層にプラズマ爆弾を食らい、島も中性子ミサイルで全滅してしまったと観光パンフレットに書いてあるわ。けれどご覧のとおり、今はリゾート惑星として美しくよみがえっているのよ——当時の味覚もそのままにね。芸術だって同じでしょ。失われた作品をもとどおりに直し、美術館のギャラリーに戻すのがあなたと私の仕事じゃなくて？」

「そりゃそうだ」私もベッドを抜け出して、テーブルのアートディスクをつまんだ。それは窓から射し込む朝日にきらきらと輝いていた。「これを直せば、カルロスの魂も浮かばれるってものかな。……まてよ、じゃ、このディスクの持ち主は——」

「もちろんレディ・リイよ。彼女がカルロスから贈られて、自宅の金庫に保管していたものなの。カムスの市長公舎の焼け跡から戦後に発掘された、彼女の遺品のひとつだわ」

私は再び食欲が遠のいていくのを感じた。思えば、このディスクに込められているのは死者の愛だ。……何だったのだろう——その瞬間、私の全身を貫いた予感は。私が一夜をともにしたジューン・ベルネームは、しかし夢の中ではレディ・リイだった。カルロスの愛人の魂がジューンに乗り移り、私を仕事にせかしたのかもしれない。

私は遅刻を恐れる給与生活者のように、ばたばたと身仕度を整えて、すぐ仕事にかかると言い捨てると、ホテルを飛び出した。ディスクをはさんだケースを抱えて、始発の通船に乗り、空港のアトリエ船に急いだ。一晩中起きて私の帰りを待っていた里瑠にろくに挨拶(あいさつ)もせずタラップを登ったとき、私の身体は芸術へのパワーに満ち満ちていた。

そして十五時間におよぶ休みなしの修復作業を続けて、ついに糸口をつかんだのだ。再びカムスの夕刻がせまるころ、ディスクに隠されていたカルロスのメッセージは完全に再生でき、私のバイオ・キャンバスに生き生きとよみがえっていた。

＊

私の映話を受けて、ジューンが空港に繋留(けいりゅう)中のアトリエ船に駆けつけてくるのに一時間とかからなかった。私は昇降ハッチから地表に降ろしたタラップで彼女を迎え、狭い船内を上部ブロックのアトリエへと案内した。

「この船、〈D・エルスター〉号という名前なの？ 泥棒かささぎ(ディービッシェ・エルスター)のことなんでしょ。あなた、ロッシーニのファンだったの」ジューンは簡素なラダーを昇りながら軽口を叩いた。「こう言っては何だけど、私たちの企(くわだ)てにぴったりの名前じゃない！ 本当に、カルロスの真作を盗みに——いえ、サルベージできるというのね！」

「もちろん。大船に乗った気分でどうぞ」

私は自信を込めてうけ合い、気密隔壁(かくへき)を開けて、ジューンを船内アトリエへと通した。アトリエの向こうは、そのまま操船コクピットに続いている。コクピットのドアは開け放ったままで、里瑠が席にかけて電子脳の軌道計算につき合っていた。

「里瑠、順調かい」

私に呼びかけられて、ようやく里瑠は振り向いた。ジューンをちらりと見て、ちょっと怪訝そうな顔をしたが、すぐいつもの表情の乏しい顔に戻った。

「カルロスのメッセージ映像の背景に映っていた〈ハリバット〉号の操船パネルのディスプレイ表示を拡大解析して、〈ハリバット〉号の軌道を逆算しています」と、里瑠は抑揚のない声で説明した。あまりに私が作業を急がせたせいか、疲れが声ににじんでいる。

「大雑把だけど〈ハリバット〉号の現在位置を特定したわ。このカムス星系を起点として、ほぼ光速で楕円を描き、今は帰還軌道に入っているの。ここから十七光年程度の距離を、カムスに向けて減速しながら接近しているところだわ。まったく無人の自動制御でね」

「上出来だよ」私は気やすく里瑠の肩を叩いてジューンに言った。「カルロスは〈ハリバット〉号の電子脳に、非アルバート機関を使わずにほぼ光速に達し、巨大な楕円を描いて、百年後にカムスの衛星軌道に戻るようセットしていたんだ。亜空間跳躍は一切なし。通常空間だけの亜光速航行だ」

ジューンの頬が紅潮した。

「ということは、相対性理論に拘束されるから——出航後八十年たったのに〈ハリバット〉号の船内ではほとんど時間が過ぎていないわ」

「せいぜい二週間でしょうね」と里瑠。「大戦時の美術避難船で幾つか使われたダイナミックな物品保存方法です。デリケートな美術品の保管には、理想的なやり方ですけど」

「何しろ、船内の時間そのものが経過しないんだからな。これにまさる保管手段はない。ひょっとするとカルロスの絵は、絵の具も乾ききっていない、描きたての新品のままですよ。もっとも〈ハリバット〉号が途中で遭難していなければの話だが」

「そんな心配はいいわ！　とにかく捜索してみる価値はあるわよ。行きましょう。必要なものがあったら遠慮なく言って。すぐにそろえさせるわ」

「何もいりません、ジューン。わが〝泥棒かささぎ〟はもともと軍用のタグボートでしてね。例によって大戦後、軍が民間に払い下げた転用船だ。接舷や曳航の設備は備えているんですよ。私たちはそれを利用して、遭難船から美術品を回収する仕事もうけ負っているのでね」

「わお！」ジューンは感極まって私の首にしがみつくと、里瑠に見せつけるかのように、甘ったるい声で命令した。

「ねえ、かわいい泥棒さん、私のためにお宝を手に入れてちょうだい」

「お任せあれ、姫君」私は海賊船の船長の気分で豪快に胸を叩いた。「ぐずでのろまな運航管理局の許可が出しだい、出発しますよ。その前に取りあえず、カルロスの映像とご対面を」

私はバイオ・キャンバスに光を入れ、カルロスのメッセージを再生した。エネルギッシュな、情熱に燃えた芸術家の姿が鮮明に像を結んだ。隣町から映話をかけているような、気軽な調子で彼は喋りかけた。

『やあ、きみ。おれのかわいいレディ・リイ。……これからおれがやることは、二人だけの秘密にしてくれたまえ――』

「止めて！」

ジューンが叫んだ。私はあわてて画面にポーズをかけた。

「これ……彼の絵だわ」

ジューンが画面の一カ所を指差し、私も思わず画面に顔を近づけ、寄り目になってそれを探した。カルロスの背後の操船コクピット――その上部に開いた展望窓の前に、小振りの円形の額縁がかかっていた。それは窓を透かして見える星々の輝きをさえぎっていたが、その中にはめこまれた正円の絵は、まさしくカルロスの作品だったのだ。一人の婦人の肩から上を描いた肖像画だ。その女性はややうつむき加減で、情感豊かな眼差しを、画面からはみ出した位置にある自分の手元に向けていた。

「レディ・リイの肖像画よ。すごい。逸品だわ。こんなに美しく描いてもらえるなんて、幸福な女(ひと)……」

ジューンが、ため息混じりに言葉を漏らした。貴重なレディ・リイの肖像は、銀河のあらゆる星々のきらめきを小さな円環の額縁に収めて、まるで細やかな宝石のかけらで作ったモザイク画だった。見る者に愛と幸福が何たるかを気づかせてくれるような、やさしいタッチの絵だ。私とジューンは言葉もなくカルロスの新発見の傑作に心をときめかせていたが、里瑠は黙って航法士席に着いたまま出航準備を進めていた。

＊

三日後、〈D・エルスター〉号は矢のように宇宙空間を疾駆する〈ハリバット〉号を捕捉した。サルベージにかかる里瑠の腕前は絶品だった。質量検知機と超光速レーダーによる数回の位置測定で〈ハリバット〉号の針路を確認すると、彼女は正確にして微妙な短距離空間跳躍を行い、どんぴしゃり〈ハリバット〉号の針路正面に〈D・エルスター〉号を実体化させた。〈ハリバット〉号に追突される直前、あっという間に拘束アームで両船の船体を固縛すると質量同期をかけ、再び空間跳躍、速度エネルギーを殺した状態で近辺の通常空間に引き出した。それら一連の作業に数分とかかっていない。つまり、私たちが非アルバート機関を使わない通常空間での亜光速航行によって、アインシュタイン先生の魔法の手に捕まえられていたのは極めて短時間であり、その間に船外で経過した時間は十日間程度ですんだ。里瑠の航法ライセンスはB級だが、彼女の技量と〈D・エルスター〉号の電子脳との相性は特A級以上だった。

〈ハリバット〉号はごくありふれた生魚運搬船だった。全長三百メートルばかりで、生きたまま魚を運ぶ、巨大な水槽タンクを背負っている。船体構造は貨物船なので、水槽タンク以外の与圧区画はブリッジ周辺のごく小さな部分だけだ。

里瑠は〈D・エルスター〉号のドッキング・ベイを〈ハリバット〉号の舷門に密着させた。双方のエアロックの気圧差を調整すると、私たちははやる気持ちを抑えながら、八十年間も行方不明だった遺棄船（いき）――しかしその船内時間は出発時から二週間そこそこ――に乗り移った。

「待って！」私とジューンの背後から、里瑠が忠告した。「気をつけて！　ブービー・トラップがあったらどうするのよ」

大戦時に出航した美術避難船には積み荷の盗難を防ぐため、侵入者を撃退するワナが仕掛けられていることがあった。何しろその国の市民を戦場に置き去りにして――つまり人間の生命よりも優先して脱出させた、貴重な美術品だからだ。しかし私とジューンは里瑠の忠告を無視して小走りに通路を進んだ。あの当時は、カルロスのこの船を航行途中で見つけて、最初に乗ってくる人間がレディ・リイである可能性があった。大戦が早く終わり、彼女が生き残ったならば、そうなっていたはずだ。それならブービー・トラップはないだろう。この船に積まれた絵は、レディ・リイへの遺産なのだから。

未知の船を不用心に走る私たちに、幸いなことに危険な事態は訪れなかった。〈ハリバット〉号の操船ブリッジに至る昇降路の前で、私はいらいらと里瑠を手招きした。

「早く来いよ！　何も起こりはしないさ。きっとレディ・リイだって、カルロスの絵と会うためなら、こうして走っただろうさ。取り越し苦労はよせよ」

無重量の昇降路から、居住区画の回転軸へ、そしてブリッジへ。

すぐに気密隔壁が開いた。ジューンが、そして私がブリッジに飛び込んだ。

「ああ……」ジューンが小さな感嘆の叫びを上げた。「あのままよ。ディスクの映像のままだわ。ついさっきまで、ここにカルロスが立っていたみたい」

「そうだな。テーブル、制御卓、パイロットシート、展望窓——あの映像そのままだ……」

室内を他人が荒らした気配はまったくなかった。カルロスがあの映像を収録した自動カメラは船内監視用のものらしく、天井につくりつけになっていた。赤い電源灯がついたままだ。

前方の星空を映す展望窓の前には、映像のままに、円形の額縁がかかっていた。しかしそこだけがカルロスの映像記録と異なっていた。

額縁の中には、絵がなかった。円く抜けた空間の向こうには、展望窓の星々が見えるだけだったのだ。

ジューンは息を呑み、はっと私を振り向いた。私も一瞬どきりとしたが、私たちの顔を失望が支配する前に、遅れて入ってきた里瑠が言った。

「あら、ここに絵がいっぱいあるわ」

「どこに!」

ジューンと私は同時に声を上げて振り向いた。里瑠はブリッジの後部から航法室につながるドアを開けていた。里瑠は淡々として、開きかけのドアを全開した。

電子脳の回路を保護するため、温度と湿度を厳重に調整した航法室の空気が、さわやかな風となって、私とジューンの間を吹き抜ける。その小さなつむじ風は私たちのため息も吹き飛ばしていった。

──なるほど、それが当然だ。オートパイロットの無人船に名画を託すのに、大事な絵を剝き出しのまま船内にかけておくはずがない。

航法室の床の上に、プラスチック・ビームで低い架台がつくられており、その上に、薄く幅広い樹脂製の密閉ケースが並べられていたのだ。それはおびただしい数だった。

「そうか、全部の絵を梱包していたんだ。五十枚はある。すごいな、この中身がすべてカルロスの絵か……」

「宝の山ね……。一枚で大陸ひとつが買えるのよ──といってもこんなに多くを一度に市場に放出したら、せっかく高騰した価格が下がってしまうわ。二、三枚ずつ、慎重に競売にかけるのがいいでしょうね」

カルロスのアートディスクは手放さないと言っていたジューンだったが、これだけの作品群を前にすると、金に換算したくもなるのだろう。声が上ずり、目が恍惚として輝いている。

梱包物は、絵のサイズによって、さまざまな大きさであり、中には円形や三角のものもあった。私はそのひとつを手に取った。二十号程度の絵が収まっているようだ。確かにカルロス自身が梱包したもので、ケースの封印には、カルロスのサインである、イカルイットの魚形を象ったスタンプが押されていた。

私は興奮に震える手でその封印を解こうとしたが、ジューンは私を止めた。

「これで全部かしら……。私はこの絵を〈D・エルスター〉号に運び入れるから、あなたは船内をくまなく捜索して下さらない？　作品の鑑賞はそれからにしましょうよ」

それももっともだった。私たちは目的のものを手に入れたら〈ハリバット〉号を再びもとの軌道に戻して、ひそかにこの宙域を離れるつもりだった。接舷したままで、通りすがりの航宙船のレーダーに偶然、引っかかるようなことは避けたかった。この大発見を公表してしまったら、絵の相続権を主張する得体の知れない人間が五万と出てくるだろう。わずらわしい法律問題に振り回された上、運が悪かったら捜索実費だけつかまされて、絵は他人に取り上げられないとも限らない。それよりは黙ってこの宝を隠し、時効を待つ方が賢明だということで私とジューンの考えは一致していた。この場所に長居をするわけにはいかない。

ジューンは梱包を運びやすいように〈ハリバット〉号の居住区画の回転を止めて、船内重力を切った。一方、私は里瑠とともに与圧居住区をざっと調べて回った。船内はきれいに整頓されたままで、十ばかりの機能的な船員個室や公室、また機関制御区にも、カルロスが残した品はないようだった。わずかに私物といえば、八十年前にこの船をカルロスが奪う前に乗っていた乗員が忘れたものらしい当時のヴィジュアル・マガジンくらいのものだった。

「あら、変わったにおい……」

食堂に入ったところで、里瑠がつぶやいた。私も気がついて、鼻をひくつかせた。旨そうな、食欲を刺激する香りだった。カルロスの好物、イカルイットのトゴリ料理の香りだ。ただ、あのレストランで出されたものとはちがう、もっと濃厚で甘く熟した香りだった。

　里瑠は小さな厨房に入り、香りを発している食品保管用のキャビネットを開けた。空気のようでいて、スープのようなねばっこさがある芳醇な風の流れが、室内に立ちこめた。棚の各段には整然と、トゴリ料理を収めた加圧トレイが並んでいた。そのうち二、三枚の蓋が加圧の途中でずれたのだろう。蓋とトレイの間のわずかな隙間から、ほそい湯気が立ち昇っていた。熱と圧力で一度、気体とも液体ともつかない超臨界流体になって抽出されたトゴリのエキスが漏れ出していたのだ。

　里瑠はそのトレイを取り、蓋をしっかりと締め直した。料理慣れた主婦のように、さっと各段のトレイを検分する。

「ずいぶんつくったものねえ」里瑠はあきれた調子で言った。「全部、加圧タイマーが動いているわ。まだトレイの中では醱酵中よ。無人で出航したのに、いったいだれに食べさせるつもりだったのかしら」

「さあね……」と私は舌なめずりをして言った。きっとカルロスが生きていたら、同じ舌なめずりをしたことだろう。普通の料理の香りは、あまりに強いとかえって食欲を減退させる。嗅覚だけで脳の満腹中枢が刺激されてしまうのだろう。だがこのトゴリ料理は一流のコックがつくったものにちがいなかった。香りは濃くなるほどに新鮮で、すぐにでも取り皿に載せて賞味してみたいほどだった。

「……考えてみれば、これも貴重な料理なんだな。調理されたのは八十年前だ。それも八十年前のぴんぴんしたイカルイットでつくった新鮮なままの料理だよ」

　そこで私は思いついた。

「この珍味を〈D・エルスター〉号にいただくのはどうだい？　ジューンも好きだと言っていたし、彼女と一緒に、八十年前の食事で八十年前の名画を鑑賞しながら祝杯を上げようじゃないか！」

　里瑠はひょいと肩をすくめた。いつも以上に無愛想な態度で「私はあまり好きじゃないわ、このにおいが。死んだ魚が腐ったみたいでね……。でも、どうしてもというなら、どうぞ」

　里瑠は、さっ、と手近なトレイを差し出した。仕方なく私はトレイを捧げ持って、忠実なコック長のように、彼女の後について床を蹴り、エアロックの方へ歩いていった。

　その途中、航法室を見たら、部屋の中はからっぽになっていた。ジューンが張り切って、カルロスの絵のキャンバス・ケースを〈D・エルスター〉号に積み込んだようだ。

　早くカルロスの作品を見たい――というよりもジューンが喜びにはしゃぐ顔が見たいという思いが、私の歩みを速めさせた。私はこのとき、ジューンが私の裸の胸を愛撫した、そのときのひそやかな感触も思い出していたのだ。私は跳ぶように、エアロックへの通路を走った。里瑠に見向きもしなかった。彼女はふてくされたように、私の後をぶらぶらとついてきた。

　エアロックの扉から、ジューンが顔を出した。飛びっ切りの、喜色満面の笑顔だった。

「いい獲物があったの？　私の海賊さん」

私も喜色満面で、トゴリ料理のトレイを彼女に渡した。

「絵はなかったけどね。料理の傑作をサルベージしてきたよ。ほら、八十年前の――」

私のせりふは途切れた。ジューンの顔色がさっと変わったのだ。私の背後に向けて、彼女の視線が凍りついた。

「トモ、危ない！」

「なに！」

私は咄嗟に振り向いた。そのとたん、ジューンに背中から激しく蹴り飛ばされ、後ろにいた里瑠の身体にぶつかった。里瑠があっと悲鳴を上げた。私と里瑠の目の前で、エアロックのドアがしゅっと音を立てて閉まったのだ。

私は言葉を失い、唖然として通路にころがったままだった。里瑠が脱兎のようにドアに取りついた。

「ジューン！　どうしたのよ。ドアを開けなさい！」

返答はなかった。エアロックの外扉も閉じる音が聞こえ、その向こうから〈D・エルスター〉号のドッキング・ベイが〈ハリバット〉号を離れるショックが響いてきた。

冗談じゃない！

私は真っ青になり、一瞬にして起こった事態の変化にどうしていいかわからなかった。何度も瞬きして立ち上がり、そしてようやく、念願の絵を手に入れたジューンが私と里瑠を〈ハリバット〉号に置き去りにするつもりであることを理解した。

何もかも、逃げていってしまったのだ。カルロスの名画、ジューンの愛、そして自分のアトリエまでも……。奪われた怒りよりも、体よく騙された自分への情けなさで、私はぽかんと立ちつくした。

「トモ、しっかりして！」

里瑠が私の手をつかんだ。引いて走る。

「どこへ？」私はぼんやりと聞いた。

「操船ブリッジよ。とにかく、こんなところにいても仕方ないわ。ブリッジから連絡を取らないと。何かの事故かもしれないしね」

最後の一言は、私の心境を思いやった気休めだった。私たちはともかくブリッジへと戻ったが、状況はよくなるはずがなかったのだ。操船コンソールのパネルがこじ開けられて一部のユニットが抜き取られていた。通信回路の増幅装置は何か硬いもので潰されている。ジューンは抜け目なく、〈ハリバット〉号が救難信号を発信する手段も奪い去って行ったのだ。〈D・エルスター〉号はすでに数千メートル離れ、姿勢を変えつつあった。

「ジューンに、操縦できるの？」

里瑠は怪訝そうに私に尋ねたが、敗北感に打ちひしがれた私は、ただうなずくしかなかった。

ジューンはライセンスを持っていた。しかも、私は彼女に〈D・エルスター〉号の電子脳の操船パスワードすら教えてしまっていたのだ。ここへ来るまでの飛行の途中で、ジューンはあれこれと私のアトリエ船に興味を示した。私が得意になって、遭難船からの絵画サルベージの方法などを喋る間に、彼女に聞かれた覚えがある。ジューンは私がカルロスのメッセージの発見を伝えたその時からカルロスの絵を奪うつもりだったのだ。

「まったく、たいしたブービー・トラップだったわね」里瑠は軽く舌打ちして言った。「もう少し私が用心していれば、あのずる賢い女狐画商に〝泥棒かささぎ〟まで自由にさせなかったのに……」

そしてほんの数語、とげとげしい悪態が飛び出した。私は壁のコンソール・パネルにしがみついたまま、穴があれば入りたい気分だったが、里瑠はそれきり黙った。近距離通信のコールがパネルに閃き、スクリーンにジューンの顔が映ったのだ。ジューンは申し訳なさそうに、上目遣いで、私に頭を下げた。

『ごめんなさい、トモ。こんな形であなたに別れを告げるのは心苦しいけど……こうするしかなかったんだわ。私はどうしても、カルロスの絵がほしかったの。私はカルロスを愛しているんだもの。あなたを愛したのではなかったのよ。お願い、わかって』

私も心の中でさっきの里瑠と同じ悪態を繰り返した。今さら何だというのだ。確かに彼女は私を愛しているとは一言も言わなかったし、その意味では嘘つきではない。が、正直に言われるほどに、私はなけなしのプライドを引きちぎられ、さらにその傷口を肉切り包丁で撫でられているような気持ちになった。ジューンはさらに駄目押しをかけた。

『本当にありがとう、トモ。感謝しているわ。あなたとの夜は忘れない。私の、カルロスへの思いを燃え立たさせてくれたもの。あなたにもらったトゴリ料理も、後でゆっくりいただくわ。あなたの気持ちを噛み締めながら』

「やめてくれ！」

私は怒鳴った。ジューンは、私の隣に里瑠がいることを知って喋っている。清楚な印象を与えるよう計算し、伏し目がちになって……。しかし、そんなジューンを怒鳴っても自分が哀れなカリカチュアになるだけだった。

「ねえ、ジューン」里瑠はおだやかならぬ心を抑えて、説得した。「私たちの〈D・エルスター〉号を返してちょうだい。カルロスの絵は黙ってさしあげるわ……。だから、トモと私の船を返して。それに〈D・エルスター〉号の電子脳は、手なずけるのに骨が折れるわ。あなた一人で逃亡するのは大変よ。私でも一人で空間跳躍の位置設定をするのは至難の業なんだから。よく考えてみて」

が、ジューンはまったく動じなかった。

『それはご親切に。ご忠告はありがたくお受けしておくわ。でもこの程度の船なら、私の技術で十分よ。それじゃお元気で、さようなら』

里瑠に対しては、にこやかに、かつそっけない別れの挨拶だけが返ってきた。スクリーンの中のジューンが手を伸ばし、通話回路を切ろうとしたとき、里瑠は食い下がった。

「待って！　ジューン、せめてお別れの前にカルロスの絵を見せてくれない？　一枚だけでいいから。お願いよ。それくらいしてあげなくては、トモが立ち直れないわ」

『そうね』とジューンはかわいく首を傾げた。『いいわ、一枚だけよ。トモへの感謝のしるしにね』

今さら見たくもない心境だったが、それでもスクリーンに、例の梱包が映り、ジューンの手が封印をはがすと、私は身を乗り出した。

封印がきれいにはがれ、ケースがふたつに分離した。きれいな額縁が姿を現した。

ジューンの悲鳴がスクリーンの向こうから響いた。

額縁の中には、絵がなかった。

狼狽したジューンの手が、額縁に囲まれた何もない空間をまさぐった。そこに本物の絵が出てくるのを期待するかのように。それはネタを仕込み忘れた手品のような、どこか滑稽な情景だった。

＊

ジューンは何枚も何枚も、キャンバス・ケースの封を外していった。長方形、円、三角、星形——何枚も何枚も、見ているこちらが楽しくなるほどバラエティに富んだ形の額縁が現れ、彼女の手を離れて床に落ちた。

ひとつ残らず、からっぽだった。額縁そのものに、たいした価値はない。ただの骨董品だ。

ジューンは目を血走らせ、引きつった笑みを浮かべてこちらを見た。それでも醜い顔ではなく、とても美しかった。絶望と焦燥感に染められたジューンの表情は私の美感をさらに魅了した。何か私にできることがあったら喜んでしてやりたいと思わせる、見る人の胸を打つ肖像画の表情だったのだ。

ややあって、里瑠が静かに言った。

「どうするつもり、ジューン。私たちの船を黙って返してくれる？　そうしたら、あなたを官憲に引き渡さずにすむと思うわ」

ジューンは里瑠を無視して私に尋ねた。

『そこに、絵があるというの？』

「なかったよ。残念ながら」

『じゃ、私がそこに戻っても、意味はないのね』

私はその瞬間、正直に答えてしまったことを後悔した。カルロスの絵が私たちの手元にあるとにおわせれば、ジューンと取引する武器になったはずだ。だが、里瑠はもはや平和的な取引など眼中になかったようだ。

「行っておしまい。ジューン、二度とあなたの顔は見たくない」

里瑠は無表情なままそう言った。ジューンは何か答えようとしたが、里瑠はさっさとパネルに触れ、接続を切った。スクリーンが暗転する。

「まてよ。里瑠、どうして——」

里瑠は一瞬、私を睨み、すぐに視線をそらした。

「私はあの女と話し合うつもりはないわ。もし彼女が降伏したら、きっと私は彼女を宇宙に放り出したでしょうね……。彼女もそのことはご承知のはずだけど」

里瑠は決然として言い放ち、続く言葉を呑み込んで黙った。里瑠が私に何を言うつもりだったのか、思い至ったのは数分過ぎてからだった。もしジューンを私と一緒にしてしまったら——私は再び性懲りもなく、ジューンの言いなりになってしまっただろう。悪くすると、私は里瑠を裏切ってジューンの逃亡を手助けしたかもしれなかった。私にとって、それほどジューンの影響力は大きかったのだ。里瑠はそのことを知っていた。

里瑠が心の底に隠した怒りを、ジューンも承知していたようだ。展望窓の向こうで〈D・エルスター〉号は船体を回して遠ざかり、どこかへ消えてしまった。

私と里瑠は、宇宙を漂う〈ハリバット〉号に取り残されてしまった。古代の王墓を盗掘するドジな墓泥棒が財宝を手にするどころか、そのままミイラになってしまう気分だった。

＊

それにしても、里瑠は冷静だった。彼女はすぐにジューンが壊した電子装置を調べ、船内の生命維持システムや水・食糧の循環システムの現状を把握した。

私はというと、彼女のあとについて回るしかなかった。船の動かし方は知っていたが、細かな整備や修理となるとお手上げだった。〈D・エルスター〉号でもそういったことはすべて里瑠に任せ、私は暇さえあればアトリエで仕事に没頭していたのだ。

「船体は老朽化しているけど、まだ十分に航行に耐えられるわ。トモ、そんなにさえない顔しなくてもいいわよ。この船は私たち二人を五十年は生かせるキャパシティがあるんだから」

「……おい、このままここで老いさらばえてミイラになれってのかい？」

二人で船内をめぐっている間に、里瑠の機嫌はすっかり直っていた。私はまだ、ジューンにすんなり利用されてしまった件が胸の中にくすぶっていて、情けなさと腹立ちと、ジューンを失った悲しさで悶々（もんもん）としていたのだが、里瑠はもうけろっとして、楽天的ですらあった。

「まあ、トモ。私はかまわないけどね。あなたと枕を並べてミイラになっちゃっても、けっこう楽しい人生だと思うわ」

「脅かすなよ……」正直、私はぞっとした。「ここには画材もキャンバスもないんだ。絵を競売にかけてくれる画廊もない。半年もしないうちに、おれは気が狂ってしまうよ。一枚も自分の作品を残せないなんてさ。死んだ方がましだ」

「ま、そう悲観しないで」と里瑠は途方にくれる私をなだめた。「ジューンの壊しは、徹底したものじゃない。時間はかかるけど、修理はできる。通信回路よりも操艦パネルの方が損害は少ないわ。二週間ほどあくせく働けば、この船を動かして空間跳躍できるはずよ。仮に失敗しても、通常空間の加速はできるから、船内で一年ほど過ごす気になればカムスにたどり着ける わ。もっとも、そのときは外界で三十年は過ぎ去っているでしょうけど」

「三十年か……」私はどうにでもなれという気分で言った。「まあ、そのときでも人類は絵を描き、美術館は名作を集めているだろうから、失業する心配はないか」

「そうよ。五万年だかの昔にホモ・サピエンスがソルに発生して以来、芸術がすたれた例はないから、大丈夫でしょ」

里瑠は私の腕を取り、身体を寄せた。その横顔は、間抜けな贋作屋にとって希望の女神そのものであった。

「私は修理にかかるから、トモ、あなたは絵を描いてみたら？　ずっと前から言っていたでしょ。自分だけのオリジナルな傑作を完成して、いつかかならず銀展に入選してみせるって。この無人島みたいな船で、あなたは五万年前の人類に戻って髪の毛で絵筆をつくり、キッチンのソースで壁画を描くの。案外、アルタミラ洞窟の野牛みたいな名作ができると思うわ。そうね、修理作業が一段落したら、厨房のオーブンで、自家製のパステルを焼いてあげるわ」

それもいいな、と私はうなずいた。里瑠の言葉は画家泣かせのありがたい啓示だった。そうだ。何も最新鋭の光筆がなくても絵は描ける、卵の黄身と水と油でテンペラ絵の具ができる
――ジューンにそう言ったのも私じゃないか。

そう考えると、むらむらと創作意欲が湧いてきた。この船にカルロスの名画が残っていたら、

私はあえて自分の作品を描く気にならなかっただろう。どうせ私の才能で、彼にかないっこないのだ。しかしカルロスの絵はここになかった。私たちはカルロスに一杯食わされたようだし、彼の真意は謎のままだったが、それよりも今、私は、だれにも邪魔されず、時間に追われることもなく自分の作品にかかれるのだ。生活のために絵画修復の仕事を探し、そうでなければ他人の作品の偽物をつくってきた人生と、しばらくお別れだ。これを天国と言わずして、何と言おう。この機会に自信作をものにして、もう一度、銀展にリターンマッチをかけるのだ。

が、その前に、私たちは確認しておくべきことがあった。里瑠は私を呼び、二人して居住区画の最後部にある水槽監視室に移動した。そこから生魚を泳がしている水槽タンクの内部を直接ながめることができる。水槽の環境は電子脳が自動管理しており、普段はブリッジのモニターで魚の生態を観察できるので、航行中は与圧していない。この監視室に里瑠は大気を注入し、ハッチを開けた。二人ともかなり腹がへってはいたが、食事の前に、これから世話になる食糧をじかに検分しておく必要があったのだ。

水槽をのぞく偏光ガラス窓のシャッターが開いた。

「ほう……」

私と里瑠は鼻が潰れそうなほど、ガラスに顔を近づけ、そろってため息を漏らした。

薄蒼くゆらめく巨大なタンクの水中を密集した魚群が舞っていた。銀のうろこを宝石のように輝かせて、たくましい魚たちが、あるときは激しく、あるときは優雅に身をくねらせ、尾びれを振って壮大な生命の讃歌を歌い上げていた。私はその美しさに感動し、これを題材に一枚の絵をものにできないかと思ったのだが、里瑠は即物的なせりふでこの光景を評価した。

「おいしそうね。よく育っているわ。全部で十万匹。これだけいれば、食べるには困らないわね」

＊

里瑠は、食事の前に操船ブリッジに戻って緊急を要する修理箇所がないか、手早く調べてくると言った。その間に私は厨房に入り、食料を物色することにした。里瑠の話によると、〈ハリバット〉号はオートパイロット航行のため、予備の食料は積んでいなかった。つまり私たちの食事メニューは、早晩、タンク内のイカルイットに頼ることになる。幸いイカルイットは、開拓惑星の苛酷な環境下でも繁殖できるよう遺伝子改良された食用魚だった。人間に必要な栄養素をすべて補給できる生物だ。頭から尻尾の先まで捨てずに食べれば、健康が保てるというわけだ。

もっとも、尾頭つきで焼けばいいというほど単純ではない。調理の過程でノイエ・イヒチオフォヌスという汎用菌類を介在させて、バランスの取れた栄養素を生産させる必要があった。その調理法の極致がトゴリ料理だ。骨も一緒にすり身にして、ノイエ・イヒチオフォヌスを含むエキスを加え、特殊な低温加圧トレイで発酵させる。ノイエ・イヒチオフォヌス——この、舌を嚙むような名前の微生物はイカルイットの魚肉を分解して、栄養成分を人間が摂取しやすい組成に変える。同時に食べやすいやわらかさにする。ちょっとした味つけの加減で、老人から幼児まで満足できると聞いていた。

かといって、水槽タンクのイカルイットに手をつけるには、船内食物循環機構のデータを確認しなくてはならなかった。宇宙船は閉じた生態系であり、イカルイットという乗客を元気に生かしておくために、独自の食物連鎖システムが機能している。毎日何匹のイカルイットが死に、そのうち何匹の死体をノイエ・イヒチオフォヌスに分解させて、エサとして再びタンクに戻すべきか。さらに何匹の死体は乗員の食料として消費可能か。そして人間の排泄物をどれだけノイエ・イヒチオフォヌスに再分解させてイカルイットのエサにできるのか――そういった食料の生産・消費・分解の仕組みが完全に欠けることなく回るように設計されているのだ。その循環のたががどこかで外れれば、エサ不足に陥ったイカルイットは共食いを始め、人間が食べる食料も激減してしまう。

私と里瑠は、ひょっとするとかなり長期にわたって船内の食物連鎖に参加することになる。私たちはまず、そのシステムの全貌をつかんでから、生態系のバランスを崩さない範囲でイカルイットを捕獲し、食料にするつもりだった。

厨房の端末で船内生態系の管理コンピュータにアクセスして、私たち二人の必要栄養素と、その供給に要するイカルイットの生体数を考えさせている間、私は保管ラックのトゴリ料理を取り出した。何はともあれ、最初の食事はこれになるはずだった。

加圧トレイを一枚、テーブルの上に置き、私はつまみをひねって蓋を開けた。濃厚で華美な香りがむっと沸き立ち、厨房を満たした。ペースト状になったイカルイットの身を発酵させていた微生物ノイエ・イヒチオフォヌスが、香りとともに室内の空気と混じり合うのが感じられた。

皿の上のトゴリ料理は、発酵した表層部分が白く曇っており、カビの皮膜ができたようだった。発酵の結果として生じた分泌物（ぶんぴつぶつ）だ。これはあまりおいしそうになかった。私はナイフを取ると、白い薄膜をこそぎ取ることにした。フレスコ・ストラッポの作業と同じ要領だ。石灰モルタルの上に描かれたフレスコ画の、顔料を含んだ表面の層だけをはがし取る技術で、フレスコ画を描いた建築物の壁が破損してきたときに、絵を危険な壁から避難させるために行うこともある。

私は以前、銀美の依頼でソルに出向き、第三惑星のフィレンツェとかいう遺蹟都市の修道院で、大戦の被害で崩れかけたまま放置されていたジョットーの壁画をはがしたことがあった。はがした絵を安全なパネルに移し替え、みっちりと修復することが目的だったが、フレスコ画をはがした下から、まるで別の絵のような下絵（シノピア）が現れたときには感動したものだ。壁画であれキャンバスに描いた油絵であれ、古い名作はその下に別な名作を隠していることがある。

トゴリ料理の、白くなった表の層だけを、ぺろんときれいにはがしたとき、私はジョットーの下絵に邂逅（かいこう）したときと同じ感動に打たれ、立ちつくした。

そこに、カルロスの絵があったのだ。

セピア色のかかった半透明のペーストの中に、何層にもわたって波打つ海が描かれ、無数のイカルイットが跳ねている。躍動的な構図だ。

一瞬にして、空腹感は吹き飛んだ。すぐれた芸術は心の飢えを満たすというが、私の前に現れた名画は、腹の中の飢えも消失させてしまった。確かに、それだけの傑作だった。私は声も出ず、まじまじとそのトゴリ料理を鑑賞した。舌で味わうべき料理を、芸術として目で鑑賞するのは奇妙なものだったが、それはまぎれもなく絵画だったのだ。

「……そうか……そういうことか」

その繊細な線と面が連なる描写が、すべて食材で描かれていたとは思いもつかなかった。長方形の皿に広がったトゴリをキャンバスとして、ソースや味噌や、各種の香辛料から抽出したエキスで描いているのだ。緑がかった部分は海藻から抽出した葉緑素だろうか……。
二、三分で、私の観察眼はカルロスが使った絵の具の正体を推測していた。しかし、どうやってこの絵柄をやわらかく、不安定なトゴリのペーストに定着させたのだろう。
そうだ。ノイエ・イヒチオフォヌスだ。食材で描いたのち、その〝画面〟にこの微生物を均一に吹きつけて発酵させたのだ。微生物が魚肉を分解し、分泌した栄養素が空気に触れて乾燥し、やや固い薄膜となって残る。木炭のデッサンを定着させるスプレー式のフィクサチーフと同じだった。それを何層も重ねてこの絵を完成し、最後に、絵の右下に魚形のサインを入れている。

私は確信を持って、次々と別なトレイを引き出し、トゴリ料理の発酵した表層を削り取った。劇場の幕が開くように、やはり見事な作品がテーブルの上に展開していった。

ついに発見したのだ！

私は感動のあまり、意味のないことをぶつぶつと独りで喋り、里瑠が食事のためにやってきたことにも気づかなかった。

「それ、どうしたの？　ずいぶんきれいな絵じゃない――」と言いかけて彼女は絵の下の魚のサインを発見した。「これ……まさか、カルロスの作品なの？」

「そうだ……これがそうだ。……ジューンが持っていった額縁の中に収まるはずだったものさ」

私はくぐもった声で答えた。この大発見の感動を伝えたいのに、うまく舌が回らず、もどかしい。

「ジューンの話はしないで」里瑠はしらじらと絵を見渡して言った。「あなたから、その名前を聞くのは、もうごめんだわ。カルロスの名前も」

「そんなことはいい。見ろよ、この絵を。本物なんだ」カルロスの名を聞いたとたん、私の舌は勢いよく回りだした。まるで自分の名前が呼ばれて、本当の自分が呼び覚まされたような気がしたのだ。「……電子コピーでは捉えられなかった構図の奥行きと現実感、表面のつやと相乗効果をなす陰影いんえいの使い方。たいしたものだ、まったく。自分の絵を布のキャンバスに描かなくてはならないとは、誰も決めていないもんな。これは最高の画材だよ。生きているんだ。絵の具に使われた食材と微生物が結びついて、今までにない新鮮な色彩を分泌しているんだ。……ただひとつの欠点は、この絵の生命は有限だってことだね。食べられる絵だ。一カ月もすれば発酵が進みすぎて全体が腐ってしまう。傑作の寿命もそれまでだ。……そうか、だからカルロスは亜光速航宙船を使った。八十年後の今も、この絵は描かれてから二週間しかたっていないんだよ。そうやって彼は後世のわれわれに絵を伝えたんだ」

「だからどうしたというの……」里瑠は眉をひそめて、そっけなく言った。食堂に充満するノイエ・イヒチオフォヌスを含んだ香気を振り払うように。「これはすばらしい絵なんでしょうけど、私たちにとっては、それ以上に大切な食糧よ。水槽のイカルイットを捕獲し、料理できる状態にするまでは、これを食べなくてはいけないわ。……さあ、食事にしましょう」

私はぎくっとして、里瑠を怒鳴りつけた。

「この名画を、食べてしまうだって！　きみも芸術家のはしくれなら、この一枚が、どんなに貴重なものか、よくわかっているだろう！」

「六十センチ四方のトレイに載った、高級リゾート惑星の大陸ってわけ？　トモ、むきにならないで、考えて。今、これは貴重なカロリー源なの。私はもうお腹がぺこぺこで、ふらふらなのよ」

そう言いざま、里瑠は一枚のトレイを自分の方に引き寄せ、さっさと大きめのスプーンを持った。

カムスの海をのぞむ桟橋に立つ、後ろ姿の女性を描いた部分が、ごっそりとえぐり取られて、私の分の取り皿に載った。

「何をするんだ！」

私の手が飛んで、里瑠の頬を打った。自分の肉体がえぐり取られたように感じたからだ。彼女を傷つけるつもりはなかったのに、激昂した私は力が入りすぎていた。里瑠はドアの方へと跳ねて、倒れた。頬を押さえ、泣きべそになって、それでも立ち上がって私を諭した。

「トモ、聞いて。ブリッジで私、調べてきたのよ。この船の食物連鎖システムが停止しているの。〈ハリバット〉号を止めたとき、自動的にストップするよう、仕掛けられていたんだわ。システムは船外にあって、修理できない。カルロスの仕業よ。水槽には、もうエサが供給されない。十万匹のイカルイットは、十日もしないうちに飢えてしまうわ。とにかく今はその料理を食べて、必死で考えなきゃならないの――水槽のイカルイットを保存食糧に変える方法をね！　でなきゃ私たちは飢え死にだわ」

だが、私の耳には里瑠の言葉は入らなかった。里瑠が何か重要なことを喋っていたような記憶は残ったが、思い出すゆとりはなくなっていた。

「出ていけ……すぐに消えてしまえ！」

おれの声が、私の耳に響いた。と思ったら、調理ナイフの鋭い切っ先が、里瑠の胸に向いていた。一瞬遅れて、そのナイフを持つ手が、私の手であることに気づく。おかしい、そんなはずが――と私の心の片隅に狼狽が走った。どうして、私は里瑠にそんなことをするんだろう――と。でも、次の瞬間、おれは迷うことなく、自分の手でナイフの柄を握り直し、彼女を脅していた。

里瑠はしばらく涙をためてそれを見つめていたが、やがて感情を爆発させた。

「何よ、そんな絵！　他人が描いた絵を、命より大事にして、どうなるの。それがあなたの作品なら、私は我慢する。一緒に飢え死にしたっていいわよ。でも、そんな思いをして残るのが、カルロスの作品だなんて、絶対にいやよ！」

「黙れ！　これはみんなおれの作品だ。おれはカルロスだ。おれの芸術だ！」

トゴリ料理――いや、カルロスの芸術のねっとりした香りが私の胸に充満し、あふれ出そうになっていた。むせ返りそうな感覚の中で、私は里瑠に向かって何を叫んだのだろう。たぶん、飢えた餓鬼みたいな鬼婆め、とか、彼女の心が耐えられないほどの罵詈雑言だったにちがいない。すぐれた作品を生み出す力を持ったアーティストがスノッブな凡人に対して抱く、ひねくれた侮蔑に満ちた言葉。

豹変した私に、里瑠は唇を震わせた。頬の涙を散らしながら通路を駆け去っていくのを私は平然と見ていた。それは八十年後の未来の、おれには何の関係もない下衆な女だったのだ。

あの女はおれをトモと呼んだ。トモ・弘光？　だれのことなんだ……。今の女と関係のある画家なのか——香気に包まれ、朦朧とした意識の中で私は自問した。おれはだれなんだ？

「おれは……カルロスだ。どうしたんだ。しっかりしろ……おれは……」

自問し、そしておれは八十年後の今、自分の絵画がどれほど高く評価されているのかを思い出した。そう、この世に並ぶものなき——

「偉大な芸術家だ」

得体の知れない歓喜がこみ上げてきた。

おれは作品を見た。カムスの海、魚たち、荒涼としたカムスの浜、湾岸の道路、街灯、ひなびた街なみ、クラシックなホテル、通船と水上レストラン、朝の市場、水産加工所へと下るハイウェイ、夕日が傾く海原へと滑り降りるゆるやかな斜面にたたずむ人々——すべてカムスのなつかしい風景。おれの故郷。

「おれはカルロス・マザッキオだ」

胸のつかえが下りた。天与の才が閃き、霊感が脳天から指先までを駆けめぐった。精神に、身体に、力がたぎり始めた。おれは食堂のドアをロックすると、厨房に戻った。棚に残っていた作品をすべてテーブルの上に並べて、表面の皮膜を削り落とす。

おれの絵がよみがえった。中にはまだ未完成のものも、また明らかに失敗作と思えるものもあった。芸術を理解できない愚かな現代人はすべて傑作と評するだろうが、おれには満足のならないものが幾つかあった。仕方なかったのだ。絵を〈ハリバット〉号に積み込み、絵を盗もうとする者を欺瞞(ぎまん)するために額縁の梱包を航法室に並べて、出航させるのがやっとだった。一枚一枚の画想を吟味(ぎんみ)し、心ゆくまで加筆する時間は始めからなかった。カムスはいつ攻撃を受けるかわからなかった。

そしておれは自分の生命よりも、この芸術を未来に残したかったのだ。

おれは仕事に取りかかった。画材はキッチンの中にあった。各種のナイフ、フォーク、スプーン、箸(はし)、楊子(ようじ)、クリームの泡立て器、トレイに油を塗布する刷毛——おれが改良した食器と、絵の具になる香辛料のエキスを収めたチューブ、前菜を載せるフラットなプレートは絵の具を調合するパレットだ。

おれは腰を据えて、画材をそろえ、さっきのけしからん女がスプーンでこそぎ落とした〝曙光(しょこう)の桟橋〟の修復に取りかかった。

*

どれくらい時間が過ぎたのだろう。絵の修復はすらすらと片付いていった。何年も昔から絵画の修復を訓練していたかのように、おれの腕はスムーズに動き、当面の仕事を完了した。

次はもちろん、新作だった。おれは何も描いていないトゴリ料理のトレイをテーブルに置いた。適度に熱して、ペースト状の基盤をへらでなめすと、バターナイフにイカルイットの蒼いうろこから抽出したマリン・バイオレットの絵の具を載せた。ぐいぐいと背景の下描きを描く。

波濤と流れゆく雲、両方を調和させる風のささやき。画面に盛り上がるマッスが、セピア色の平面に奥深い空間を穿っていく。画想は止めどなく湧き、手の動きがもどかしい。描け、カルロス・マザッキオ。ミューズよ、指先に宿れ。おれの指は軽やかに走り、ナイフを細身のスプーンに、あるいは木製の串に持ち替え、思うがままの線と面を創出していく。おれは酔っていた。八十年前に絵を載せた〈ハリバット〉号に惑星カムスを脱出させて以来、これほどまでに自由に身体が動くのは初めてだった。

雲と風の彩なす背景を落ち着かせたところで、画面の中央に塗り残したセピア色の部分が際立ってきた。塗り残しの空白が、背景が整った瞬間に立体となり、一人の美しい女性の上半身を形づくった。彼女は海を見ているのだろうか——いや、そうではない。おれは信念に満ちた色彩を、その空白に置いていった。彼女はおれを見ている。レディ・リイはおれを待っているのだ。カムスの島で、荒々しくも荘厳な波打ち際で。

セピア色のレディ・リイが、画面の中にくっきりと浮かび上がり、生気を与えられ、おれにほほ笑む。そのとき、おれの意識の深層に横たわっていた記憶が海藻のようにゆらめき、浮上してきた。それはおれの仕事に明確な方向性を与えた。

おれは、何のために絵を描き、そして時を超えてこの絵を残そうとしたのか。おれの真の目的とは何かを。

——自由に描くの。芸術は自由でなくてはいけないのよ、とカルロス・マザッキオの中の何者かが告げた。

レディ・リイ?

おれは、それに訊ねた。

――ちがうわ。とそれは答えた。私は、あなた自身、あなたの魂よ、カルロス。とそれはやさしくささやいた。私は、美しいもの。あなたを駆り立てるもの。美への衝動。描きなさい、カルロス。もっと自由に!

それは芸術の爆発(イニシエーション)だった。おれに語りかける美の女神(ミューズ)の声。

「そうだ」おれは絵のレディ・リイのうなじから頬にかけての線を入れながらつぶやいた。

「これは下絵だ。シノピアにすぎない。真実の絵は、人間の手で取り囲めるような、ちっぽけな枠に押し込まれるものではない。……本来、絵に制約などなかった。人間が勝手にキャンバスに規格を与え、矮小(わいしょう)なサイズに切りそろえて、一号幾らの商品に変えてしまうまでは、絵にはもっと揚々(ようよう)とした精神が躍っていたはずだ。古代人は洞窟に壁画を描いた。そのとき彼らにとって、絵を描く画面とは、自分に見える世界のすべてだったはずだ。絵は世界を描き、世界は絵の画面なのだ。絵画とは本来、そういうものなのだ。何の決まりも約束事もない」

おれは興奮に打ち震えた。おれの考えは正しかったのだ。この世はすべて絵画のキャンバスであり、画材は大自然なのだ。トモ・弘光という〝私〟の中で、おれというカルロスが小躍りするのがわかった。カルロスは描き上がった肖像画の下絵を持って立ち上がった。

どこへいく？

私——トモ・弘光のかすかに残った意識がカルロスに問いかけた。カルロスは黙ってドアのロックを外し、通路を上がった。そうだよ、とカルロスはふわりと身体を運びながら独りごちた。下絵を渡すんだ。次の時代を担う、真の芸術家たちに……。

＊

水槽から振り注ぐ蒼い光に照らされて、制御卓についた里瑠の横顔は、げっそりとやつれていた。水槽監視室に足を踏み入れたところで、私は彼女がどうしてそんなに憔悴しているのか、一瞬いぶかしんだが、同時に、おれの身体も安定をなくして壁に寄りかかった。私の身体も彼女同様にけだるく、全身が衰弱していた。それでようやく、おれは体内時計の時間を取り戻した。厨房の中で、まったく時を忘れて食べることなく仕事をしてきたのだ。あれから十日は過ぎてしまったにちがいない。

ずわり、と音がしたように思えて、私は監視窓を見やった。銀と青の無数のうろこが、スーラの色彩点描画法のように、不思議な立体をタンクの中に造形していた。靄のようにゆれ動いていたが、無秩序ではなかった。魚たちは一匹残らず、おれの方を見ていたのだった。正確には、おれが持っている〝下絵〟をだ。

「イカルイットの様子が変なのよ……」と里瑠はだれに言うともなく、かささした声で喋った。「もう、とっくに共食いで全滅していてもいいのに、そうしないわ。じっと腹をすかせたまま、みんなで何かを待っているみたい……。どうしてなの？　トモ」

おれはトモじゃない。カルロス・マザッキオだ、と私は言った。

「また、そんなことを——どうかしてる。厨房に閉じこもったまま、私が何度呼んでも答えてくれない。何日もよ。……とにかく、無事でよかった。こっちへきて」

そこをどけ、と私の中のカルロスはぞんざいに告げた。イカルイットはおれの下絵を待っているんだ。

「下絵？　その絵は——」里瑠は私が持つトゴリ料理の絵をながめた。茫洋としていた彼女の目の焦点が合い、視線がけわしくなった。「ジューンの肖像じゃないの。それがあなたの作品なの。そんなに彼女を愛しているというの？」

おれが愛しているのはレディ・リイだけだ、とカルロスは答えた。声にあせりが感じられた。私の肉体は飲まず食わずで創作活動に没頭したため、衰弱しきっていた。まだ身体が動くうちに、この絵をイカルイットに食べさせてやるのだ。おれ——カルロスは〈ハリバット〉号の食物連鎖システムを再開させるパスワードを知っていた。食物の流れの中に、この下絵を乗せてやるのだ。イカルイットたちはそれを味わい、解釈するだろう——食事ではなく、芸術として。

「トモ、言っておくわ。私が愛しているのはへぼな贋作屋のトモ・弘光だけよ。カルロスの亡霊なんかじゃないわ！　私はあなたのために、できるだけのことはした。意地でもあなたを助けるわよ！」

里瑠は残った力を振り絞って叫んだ。必死の決意を込めて。それは私を奪い去ろうとするカルロスへの宣戦布告だった。カルロスに操られた私の身体が彼女を止めようと動いたが、わずかに彼女の方が早かった。

里瑠の指がコンソールのキーを叩いた。定められたプログラムに従って、水槽の環境が変化するのがわかった。きっと里瑠は予感していたのだ、カルロスの意図を――いや、カルロスにそうさせた何者かの意図を。彼女は私がここへくる少し前に、その何者かへの反撃を準備していたのだ。

水槽が振動した。強烈な泡が発生し、イカルイットの群れを包んだ。私は絶叫したように思う。それはカルロスという希有の才能が私の中で絶望し、くずおれていく痛みによるものだった。心の激痛が去り、静寂が訪れたとき、私は完全に意識を失っていた。

＊

「きみたちは、人類の芸術史に残る英雄として記憶されるだろう。もっともそれは展覧会で発表されることのない、裏面史の脇役としてだがね。……いや、とにかくよく生き残ってくれた」

銀河美術館の学芸部長、キルディン氏は私の供述を聞き終えると、ねぎらいの言葉を連発した。恩着せがましい狸親父め、と私は心の中で毒づいた。ついでに私は、うらめしい目つきを返したのだろう。キルディンは禿げ上がった頭をてからせながら、私のよき理解者だと言わんばかりに何度もやさしくうなずいた。どうせ演技だろうが、私の気分は少し落ち着いた。キルディンは引退した彫刻家であり、芸術家の世界の陰で暗躍しているが、根は紳士なのだ。

「この件については、わしも相応の責任を感じとるよ。きみをこのような危険に巻き込んだのは、そもそもわしが、きみをジューンに推薦したことに始まるのだからな……。銀河美術館はきみが失ったものに対して、それだけの代償を支払うつもりだ」

〈ハリバット〉号は惑星カムスの遠軌道に帰還していた。里瑠のおかげだった。彼女は私が〝カルロスの亡霊〟に取りつかれている間に操船パネルの修理を仕上げていたのだ。しかも彼女は私からカルロスを引き離すために間一髪の荒療治を行ったあと、意識を失った私をブリッジに運ぶとオートパイロットをセットして、〈ハリバット〉号を空間跳躍させた。二週間近く何も食べずに働いた里瑠の、超人的な努力が報われたというほかになかった。

カムス星系の外縁に実体化した〈ハリバット〉号は、行方不明の私たちを捜索していた銀美の美術サルベージ船にキャッチされ、どうにか命拾いすることとなった。そのまま美術彫刻として通用しそうな品のいいデザインのミュージアム・シップが〈ハリバット〉号にドッキングして、キルディンが乗り込んできたときは、私も里瑠もぽつぽつと話ができる状態に回復していた。

私と里瑠は栄養剤の点滴ユニットを脇腹にはさんだ状態で、まだ〈ハリバット〉号のブリッジのシートに伸びていた。里瑠はキルディンが聞いたことに簡潔に答えると、再び目を閉じて、気持ちよく眠っていた。その頰は痩せていたが、血色は戻り、呼吸も確かだった。

キルディンは、里瑠にいたわりの視線を送って言った。

「たいしたものだよ、彼女は。きみを救うために無我夢中だったんだろうな。きみもいいアシスタントに恵まれたものだ」

「同感ですよ。里瑠のカンのよさに、救われた。カルロスが執念を込めて後世に残そうとした作品が、じつはトゴリ料理の絵画ではなくて、タンクの中のイカルイットだと気づいたんですからね。あれがなくなったので、カルロスの亡霊は行き場を失って消えてしまった……」

「イカルイットにとっては、かわいそうな結果になったが、やむを得ない。彼女は水槽を急速減圧して水の沸点を下げた。水は沸騰して、イカルイットは全滅した。十万匹の、魚の煮物だよ。ただし生煮えだが。残酷かもしれんが、そうしなかったら……トモ、きみは――」

「飢えて死んでいたでしょうね。カルロスの亡霊に取りつかれたまま、何も食べずにただ描き続けて」

「まったくだ……。本当に哀れなのはカルロスだな。彼は純粋に自分の芸術を愛していた。この企てに自分の新作を一枚残らず捧げた。しかし報われなかった。彼は高邁すぎたのかもしれない。われわれが理解するにはな。……カルロスは、水産加工所の職員だったことから、トゴリ料理をキャンバスにして絵を描く手法を編み出し、レディ・リイというパトロンを得た。だがカルロスは、彼女のお抱え画家で終わるつもりはなかったんだ。彼には高い理想があった。

絵画はキャンバスの枠を飛び出して、もっと自由にあらねばならない、と」

「ええ……。私の人格を乗っ取ったカルロスは、そう考えていましたよ。芸術は自由奔放であるべきだ。キャンバスは大自然であり、そこに絵を描くのは、芸術の何たるかを理解できる生物であればいいのだ――とね。そう、かならずしも人間が描く必要はない。すぐれた才能を持つ新人を認めもせず、さんざん馬鹿にしたあげくに、その画家が死んでから褒めそやし、その遺作を投機の対象にし、金儲けの道具にしか使わない人類に、未来の芸術を担う資格などあるものか――と」

「われわれのことだ。今現在の人類のことさ」とキルディンはしみじみと繰り返した。彼自身の過去を振り返るかのように。「だから、カルロスは自分の才能を受け継ぐ弟子に、人類を選ばなかった。……彼は魚類を選んだのだ。カムスの海に増え続けているイカルイットに自分の才能を伝授し、魚たちに絵を描かせようとしたのだ。大海原をキャンバスに見立てて。きみの話によるとトゴリ料理に使用されるノイエ・イヒチオフォヌスが重要だったということだが……」

「ええ。あの微生物は、イカルイットとセットにして使われていますからね。料理だけじゃなく、開拓惑星の生態改造(テラフォーミング)に。原始的な生物しかいない惑星に人間が移住して生活するには、手っ取り早く惑星規模の食物連鎖を完成してくれる生物が必要だ。環境適応力が強く、遺伝子改良が容易に行える食物源と、その死体を分解して元素に返してくれる微生物をその星に移植して、巨大な食物連鎖を創造していく。その道具がイカルイットとノイエ・イヒチオフォヌスだ。思えば、芸術的な行為ですよ——惑星をキャンバスに、生物環境の絵を描くようなものだ」

「そのシステムにカルロス・マザッキオは着目した。それならば、自分が愛するイカルイットに芸術の才能を授けてやろう、と。その才能の神髄（じんずい）をカルロスからイカルイットに転移させる運び屋（ベクター）が、微生物ノイエ・イヒチオフォヌスだった。きみの供述から得られた結論は、つまり、そういうことだ。……カルロスは完全に密閉したアトリエに何日も閉じこもってトゴリ料理の絵を描いた。それは彼の芸術の才能がフル稼働している時間だ」

「意識の水底に眠っていた美神が目覚め、脳髄から全身に霊感が走りめぐるとき。見えるもの、聞こえるもの、五感のすべてに触れる外界の刺激が、美感に震え、わななき、恍惚と光り、世界のあらゆるものが表現の対象となって、わが手に委（ゆだ）ねられ、それが線となり面となり色彩となってキャンバスに活写される瞬間——」と私はつぶやいた。

「そうだ。あの偉大な感動の瞬間だよ」とキルディンはなつかしそうに、自分の手に視線を落として言った。かつての彫刻家の荒々しい手は、今や新作を創る霊力を失って久しく、しなびて見えた。「美神に触れる瞬間、その感動（インプレッション）は脳を震撼（しんかん）させる。感情をつかさどる脳細胞を起爆（イニシエーション）し、美の遺伝子が騒いで幹細胞を一斉に増殖し、無数の神経細胞を誕生させる。古い回路の壁を突き破って進むニューロン、神々（こうごう）しい神経伝達物質の洪水が、シナプスにあふれる。新たなる美の信号が、新たなるネットワークを駆けめぐる。感動の激流、激流、激流——そして全身の躍動、躍動、躍動。そのとき彼はノイエ・イヒチオフォヌスを含んだエキスを、定着液に使った。微生物は室内の空気を漂い、呼吸とともに彼の体内に入り、肺の毛細血管から血流に乗って、数秒で脳に達する。そこで、彼の才能の源泉である遺伝子の一部分を複写する。感動に震える瞬間、電撃的な霊感の極みにある遺伝子をだ。その複写遺伝子を携えたノイエ・イヒチオフォヌスは逆の経路をたどって、彼の体内から出る。そして空気中からトゴリ料理に着床(ちゃくしょう)して塗り込められ、料理のペースト部分を培養基にして繁殖する。カルロスはその作品をエサとしてイカルイットに与えようとしたのだ——美の遺伝子を、芸術への衝動を。……はからずもきみは〈ハリバット〉号の厨房で、アトリエで制作に励むカルロスと同じ環境を体験してしまった」

「カルロスと同じ精神状態でね」と私はあの甘美な瞬間の、おぼろげな記憶をたぐって言った。

「発酵の進むトゴリ料理から発散した香りの粒子が、カルロスの遺伝子を複写したノイエ・イヒチオフォヌスを私の体内に運び入れた。それは私の呼吸器から血管を伝って脳に達し、私にもカルロスの才能を転写しようとしたんだ」

「カルロスの作品の実物に遭遇して感極まったきみの脳の中で、激しく分裂し成長する神経細胞のDNA……。ノイエ・イヒチオフォヌスはそのタイミングをつかんできみの遺伝子にカルロスの才能の遺伝子を割り込ませた——そのとき、カルロスの複写遺伝子は、きみの遺伝子に芸術の天才を発揮させる初発因子(イニシエーター)になったわけだ」

私はそのときを思い出し、汗ばむ額を指で押さえた。そして認めた。

「……じつは、幸福な瞬間でもあったんですよ。あの偉大な才能がカルロスの人格とともに私の中にあった。この手で傑作を生み出すのに、どう指を動かせばいいのか、すべてを会得した瞬間だった。芸術家として、望んでも得られない、至上の時間だ」

「それが芸術家として幸福であるかどうかの議論はさておくとして、きみの感性も、カルロスの才能を受け入れやすい状態にあったことは事実だ。きみはジューンに惹かれていたし、カルロスになりたいと、自己幻想すら抱いていた。……その結果、猛烈な創作意欲に駆られて、自分の肉体の消耗もかえりみなくなった、というわけだ」キルディンは感慨深げに、展望窓の彼方に美しく蒼い球体をなしてきたカムスをながめた。「……今となっては、彼の作品とその神秘的な技法は八十年前の大戦で失われたと記録するしかない。カルロスのことは忘れたまえ。……その代わり銀美は、きみの災難を埋め合わせる報酬を提供する」

私は怪訝な顔をした。

「口止め料ですか？　この事件を歴史の闇に封印するための？」

「そうだ」キルディンは率直に認めた。「この事件は、われわれ芸術家の未来に、恐るべき暗示を投げかけているのでな。……内密にしてくれたまえ。銀美はきみを、悪いようにはしない。きみのアトリエ船――何ていったかな？　ああ〈D・エルスター〉号という船だ。それも新しい船を調達してさしあげよう」

いい条件だ、と承服してから、私ははっとしてシートから身を起こした。

「〝泥棒かささぎ〟！　そうだ。どうなったんだ。ジューンが奪って逃亡したはずだが」

キルディンは淡々と答えた。

「カムスの海に墜落した。軌道巡視船の追跡を振り切って、落ちたんだ。船体は粉々に砕けて沈んだ。ジューンの生死は不明だが、まず絶望だ。船の電子脳に事故があって、船体が制御できなかったと発表しているが、実態は、そうではないだろう。……彼女はきみの手から、トゴリ料理を――カルロスの作品の一枚を、それと知らずに受け取っていた。それなら航行中に、彼女もトゴリ料理の蓋を開け、きみと同じようにカルロスの才能に取りつかれたのではないかな？　そしてその才能を与えるべきイカルイットが泳ぐ海へと突進していった――カルロスの遺志を継いでな」

「じゃ……ジューンは幸福だったと？」

「そう思うよ。あれほど憧れていたカルロスと、一緒になれたんだ。……そんなに悲しい顔をするな、トモ。ジューンはきっと、カルロスの作品を――つまり、彼の遺伝子のもっとも大切な部分を渡してくれたきみに、感謝していただろう。そう信じよう」

それはわかっていた。どのみちジューンは私に感謝していた。愛してはくれなかったが……。

だが、それよりも私は、ブリッジの展望窓に見えるカムスの光景に、釘づけになっていたのだ。

〈ハリバット〉号の船体が軌道に沿って回るとともに、展望窓のカムスはじりじりと動いていた。そして展望窓には、カルロスがかけた円形の額縁が下がっていた。からっぽのままで。

間もなく、円形の額縁の空間に、惑星カムスの海がすっぽりと収まった。私はあわてて天井に下がっている監視カメラを振り向いた。そうだ。カルロスは成功していたのだ。大戦が始まったその年に彼は〈ハリバット〉号を奪い、無人で発進させる直前にあのメッセージを収録した。そのとき、ちょっとした冗談心で、彼は自分の最高の作品を誇示する証拠を残したのだ。

監視カメラの目から見て、中身のない円形の額縁の中に惑星カムスがすっぽりと収まって見える瞬間をねらって、彼はメッセージを収録したのだ。言葉にはしなかったが、その画像は彼の成功を明瞭に物語っていた。

カルロスが、すでに八十年前、自分の芸術の遺伝子をノイエ・イヒチオフォヌスに託して、カムスの大海のイカルイットたちに授けていたことを。

私は記憶の糸をたぐった。監視カメラの映像の片隅、円形の額縁にはめ込まれた惑星規模の雄大な肖像画。

あのとき、八十年前のあの時刻。

カルロスの才能を与えられたイカルイットの大群が海面に浮上する。太陽光に映え、さまざまな色相に変化するうろこをきらめかせて。その群れは大洋を染め、海流に逆らって線となり、面となってゆく。そしてあるとき、ごく短い時間だっただろうが、魚たちは芸術の美神の力に操られて、大海原をキャンバスに変え、自らの身体で一枚の絵を描いてみせたのだ。

カルロスの心の底に眠っていた絵を——彼を愛したレディ・リイの肖像画を。それは軌道高度に昇ってこそ鑑賞できる、広大なスケールの名画だ。多くの人はそれを見つけても、大自然が偶然に織りなした美のひとつであり、絵に見えるのは一種の錯覚だと思ったことだろう。だが、カルロスにはわかっていたのだ。魚たちが天上のカルロスのために、一枚の作品を披露（ひろう）してくれたことを。魚の芸術様式は人間のそれとはかなり異なるだろうが、まず最初は師匠カルロスに見せるために、人間の流儀に合わせた絵を描いてみせたのだろう。

それならば、もしかすると……。私はジューンの遺体とともに海中に沈むカルロスの作品をイメージした。群れ泳ぐイカルイットの前に差し出された、芸術の才能の結晶。食べるだろう——イカルイットたちはそのトゴリ料理に群がって食べるだろう。

いつか再び、イカルイットはカムスの海にカルロスの新作を描き上げるかもしれない。

「カムス——あの星は閉鎖することになった」とキルディンは厳（おごそ）かに宣言した。

え？　と聞き返した私に答えるべきか、彼は少し迷ったが、やがて私にではなく、カムスに祈りを捧げるように語った。

「八十年前の大戦で、多くの星の美術館が壊滅した。そのおり、可能な限りの美術作品が航宙船に載せられ、避難していった。ほとんどが散逸してしまったが、それでも作品の幾らかは破壊を免（まぬか）れた。……ひどい戦争だった。あまりに多くの人が死に、記録が失われてしまったので、戦争の原因すら今はわからない。わしはそのころ一介の美大生にすぎなかったが、あれほど悲惨な時代でも人々はなお芸術を愛し、自分たちは危険な星に残っても、美術品を救おうと努（つと）めていた。――人類は絶滅しても芸術を残す。わしはそれを誇りに思ったものさ。

だが、その誇りは八十年の間に、大きな疑問符に変わった。銀河に散らばる美術品の回収調査を進めるにつれて判明したのだが、大戦初期にカルロスと同じことを試みた芸術家が何人かいたようなのだ。大戦のために、人類が絶滅する可能性があった。だから作品だけでなく、芸術の才能そのものを微生物などの遺伝子ベクターに託して他の生物種に委ねようとしたのだ。カルロスの場合は、それが魚類のイカルイットだった。

　まあ、当然と言えばそれまでだが、偉大な芸術家であればあるほど、自分の才能を後世に伝えたいと思っても不思議はない。問題は、何者が、彼らにそうさせたのかだ。

――ミューズだ。芸術と美の女神だよ。われわれの遺伝子の未知の分野に潜んで、有史以来、われわれに作品を生み出させてきた因子だ。芸術への衝動、表現への欲求をつかさどる美神さ。ひとが、何かに触れて美に打たれ、秘められた遺伝子を活性化させて感情に突き動かされる――その状況を創出する初発因子（イニシエーター）だ。取りあえずそれをミューズと呼ぼう。人間が遺伝子の乗り物にすぎないことは、古来から提唱されたお定まりの仮説だ。そしてカルロスの試みは、人間に乗っているミューズを、他（た）の生物種に〝乗り換えさせる〟行為だったのだ。大戦で人類の存続が危ぶまれたのをきっかけに、ミューズの一部が人間を見限って、もっと安全な乗り物に〝乗り換え〟ようとし始めたのではないか？

ただの疑問だ。だが、その疑問がわれわれをして銀河美術館を創設し、人類の、芸術への優位性を守る組織として活動させてきた。銀美の使命は、単なる美術品の回収展示じゃない。人類からのミューズの〝乗り換え〟を阻止することなのだ──その意味で、まだわれわれの戦争は終わっていない。われわれはミューズを人類から〝下車〟させてはならんのだ。

──なぜ、ときみは聞きたいのだろう。ミューズを失うことは、われわれの文化から芸術を失うだけにとどまらない。人類の存在意義がなくなってしまうのだよ。絵を描き、作品をこしらえ、情動を表現することができなくなった人類に、生物として、何の取り柄があるというのだね。だからわれわれは、抵抗することにした。大戦以来、まともな芸術家は──わしも含めてだが──現れていない。戦前の作品を凌駕する感性は、いまだに復活していないのだ。美術館にあるのは、大戦前の作品とそのレプリカばかりだ。われわれは本当に、危機に瀕しているのだよ。作品を生み出せず、もう希望はないのかとあがいているのだ。

……だから、苦しまぎれの抵抗であることは百も承知で、われわれはカルロスのミューズが乗り移ったイカルイットを惑星カムスに閉じ込めることを決定した。住民を一人残らず移住させ、その後、この〈ハリバット〉号はカムスの海に投棄する。人類はだれ一人、この星を訪れないのだ。……われわれの遺伝子に秘められたミューズが、人間も乗り心地がいいと再評価してくれる日までな」

告白を終えて、キルディンは厳しい視線を私に向けた。大戦以来八十年、習作を重ね、修行を積み、呻吟してなおも、先代の芸術家を超せなかった男。死ぬまでに、何とかして自分の傑作を残したいと渇望しつつ、叶えられなかった老芸術家の姿がそこにあった。

「トモ、いま喋ったことはわしの独り言だ。きみは聞かなかった。そういうことにしよう……」

「わかりますよ」私は自分の乏しい才能を自覚して、力の抜けた思いだった。「私も他人の作品の修復や、猿真似の贋作なら得意なもんだ。けれど目の前に真っ白なキャンバスを置いて、さあ、私だけの傑作を描くぞと思ったとたん、筆が動かなくなる。ときには恐怖に近い目まいすら感じるんですよ。そして無理矢理に描いても、カルロスのような天才に届かないと思い知るだけだ。いつも思うんですよ。私はミューズにとって、絵を描くべきキャンバスでなく、他人の絵を収める額縁にすぎないのではないかとね」

「そうだな。だれだってそうだ。このわしもな」そしてキルディンはしばしためらって、ぼそりと告げた。

「次回の銀展は中止になった。これからもずっとだ」

「………」

私は黙ったまま、キルディンの顔を睨みつけた。絶望が胸をよぎった。銀展——銀河芸術トリエンナーレ。私が入選を夢見ていた新進芸術家のコンテストがなくなってしまうことは——

「銀河美術館は、若い世代の芸術家を掘り起こす気も、萎えてしまったということですか」

私の問いに、キルディンは複雑な笑みで答えた。

「審査員が全員、その役から降りたということだ。ミューズに逃げ出されてしまった抜け殻の芸術家に、未来の芸術を審査する資格はなかろう。新人を発掘すべきコンテストが、新しい才能を封殺する処刑場となっていたのでは、存在価値はない——そう考えたのさ。それでも必要と思うかね、きみは？」

私は反論しなかった。キルディンの狸親父に同じ笑みを返し、言ってやった。

「なるほど、コンテストはなくなる。それならそれで結構。審査員の目を気にして、傾向と対策に振り回された作品を描かなくてもよくなったってことだ。なら、自由奔放に、自分の描きたいものを描くさ。それだけだ」

「そうしてくれ」キルディンはどこか安心した表情で、私の肩を軽く叩き、励ますように言い添えた。「だがわしは、だれかがいつか、カルロスを超える作品をこの目に見せてくれると信じていたい。それがきみであることを祈るとしよう。……この世でもっともすぐれた芸術は、美術館の中になど、ありはしないのだ」

そして、彼は年のせいかうつむき加減で、ゆっくりとブリッジを出ていった。

ふと私は、いつの間にか里瑠が両目を開けて私を見ているのに気づいた。

「何だ、寝たふりだったのか」

「そうよ。難しい芸術論の講座を、居眠りもせずに聞くのは大変」とほほ笑んで里瑠は言う。

「だから最初から居眠りを決め込んだのよ。私は画学生のころから、そうだったの」

「お互い、できの悪い芸術家もどきだな」と私は自嘲して、彼女に尋ねた。「さっきから不思議だったんだが、どうしてきみにはカルロスのミューズが取りつかなかったんだ？　お互いに、同じ環境で、カルロスのトゴリ料理の香りを呼吸していたのに。きみは平気でカルロスの作品をスプーンで壊し、食べてしまおうとした」

「むしゃくしゃしてたからよ。芸術？　感動？　そんなことどうだっていいわ。カルロスなんか食っちまえっ、てね」里瑠はあっけらかんとして笑った。「だって、好きな男は行きずりの女画商にまいってしまうし、次はカルロスの亡霊につかれてしまうし――あなたを助けるために食事抜きで船の修理よ。芸術のことなんて、頭になかったわ。芸術と名のつくものは何でもかんでもぶっ壊してしまいたい心境だったの。怒りと嫉妬と悔しさと、どうしてあたしって、こんなにへまな贋作屋に惚れたんだろうかと、ほとんど自暴自棄になってたわ――あ、めげないでね。ここだけの話なんだから」

つまり、こういうことだ。美への感動どころか、すきっ腹で怒り狂っていた里瑠の脳細胞は、その免疫機能が猛烈に高まってしまい、ノイエ・イヒチオフォヌスが幾らカルロスの遺伝子を転写しようとしても、受けつける状態ではなかったのだ。なぜならば――

そのとき彼女は憎んでいたからだ――私を乗っ取ったカルロスを。そして芸術を。

「そうか。それじゃ、カルロスの才能が授けられても、発現する余地なんかなかったわけだ……。里瑠、何と言えばいいんだろう。その、つまり……ありがとう」

里瑠は、言いたいことを言ってさっぱりした表情で身体を起こし、私の胸に顔をうずめた。

「あなたはいつか傑作をものにするわ。私は勝手にそう決めているの。へぼで移り気な贋作屋さん。でも私が好きなのは巨匠カルロスじゃなくて、ここにいるトモ・弘光なのよ」

＊

一年後、私が里瑠と結婚して、最初のスケッチ旅行に出かけようとしているとき、キルディンから親展の直筆レターを受け取った。それには、無人の惑星となったカムスの海面に、イカルイットの大群が新しい絵を描き出したことが告げられていた。絵のモチーフは美しい女性の肖像画で、どうもレディ・リイではなさそうだ、ということだった。私はそれを一種の警告と考え、カムスには近寄らないことにした。

そして私は白いキャンバスを出して、妻の肖像画を描き始めた。それが駄作か傑作かはわからない。だが、この絵に署名するのはカルロス・マザッキオではなく、私自身なのだ。

王女さまの砂糖菓子（アルフェロア）

この地方は昼が長い。夕餉どきをすぎても太陽は山陰に隠れるのをためらい、ブリオーシュ平原の荒れた地形に広がる枯草を赤く妖しく照らしていた。

空は高く、紅に染まったちぎれ雲が風に舞っている。薄くて軽いパイ生地が、オーヴンの熱の精にあおられて躍るように。

ラスクは小柄な背を伸ばして空を仰いだ。目に映る風景の彩りとはうらはらに、風は冷たかった。とげとげしい霧の精が山裾から吹いてきてラスクの頬を刺し、精菓職人特有の白くてふんわりしたマッシュルーム形の帽子を奪い去ろうとする。

まったく、無遠慮な風の精霊たちだ。この土地から早く出ていってくれと言わんばかりの吹き方をする。

ラスクは友好の呪文を軽く唱えた。万物の精霊たちのご機嫌を取りなす言霊を生む呪文だ。

しかし、効き目はなかった。ざっとひと吹き、さらに冷たい突風がラスクを襲い、彼はいっとき岩陰にしゃがんで霧風の襲撃をやりすごさなくてはならなかった。

この平原の風に漂う精霊の態度は、日ごとに冷たくなっている。今はまだ、細かな霧の粒だが、その滴が雪となり、氷に変わるのも、間もなくのはずだ。

「無理もないよな……」

ラスクはつぶやく。少年の頬は風にこすられ、夕日と同じ赤みを帯びている。顔立ちは実際の年齢よりも大人びて見えたが、それは従軍してずっと、軍隊直属の精霊菓子工房で鍛えられたせいだろう。

「すまないね、ブリオーシュ平原の風たち。ぼくは兵士じゃなくて、ただの精菓職人。それも見習いの身分なんだ。きみたちの敵じゃないよ」

精霊に通じる呪文で語りかけてみるが、かえってラスクの心には虚(むな)しさが広がっていくばかりだ。風に触れる肌が、敏感に精霊たちの怒りを感じ取っている。

ラスクたちは侵略者だった。

ラスク自身は兵士でなくても、この平原に攻め入り、昔から暮らしていた農民や放牧民の平和をぶちこわしに来た無情な侵攻軍の仲間にはちがいない。

ラスクの国、ザッハー王州は三カ月前から戦争中である。敵は隣国のデーメル王州。国境付近の領地争いは昔からのことだが、今回のような大戦争に発展したのは初めてだ。

ザッハー王州軍は連戦連勝。大軍を一気に投入した大胆な電撃戦が成功し、デーメル王州の中央部まですみやかに兵を進めていた。

ここブリオーシュ平原を越えれば、デーメル王州の王都に至る。追い詰められたデーメル軍は王都周辺に最後の守りを固めていた。

明日は総攻撃だ。

出撃は明朝午前、精霊菓子(リーブクーヘン)の時間が終わってすぐだ。それで勝敗は決し、デーメル王州は崩壊する。数日を経ずして、ザッハー王州軍の総司令官であらせられるシャーロッテ・フォルマージュ王女は隣国を併合し、そして世界地図の国境線を描き直す作図職人が儲かることだろう。

ラスクは土手の上から、ザッハー王州軍の野営地を振り向いた。

数万を超す大軍である。

野営の天幕は延々と連なる。ドーム状のひときわ大きな銀色のテントがシャーロッテ王女の御座所であり、その周りに家臣団の多角形のテントが寄り添う。その後ろでオーヴンの煙を幾筋か立ち昇らせている円筒形の大きなテントが、ラスクがさきほど抜け出してきた精菓職人の工房だ。

それらを取り巻く兵士のテントの外側には、普段は馬に牽かせている軍車を並べて防壁を築いていた。軍車の木組みの車体には、黒光りする円筒が点々とのぞいている。弾を装塡した速射砲だ。よもぎ色の戦闘服に身を固め、先込め銃を肩にして警戒する見張りの兵士たちは、銀色のヘルメットを夕陽に輝かせていた。

兵士の腰に吊るした刀や、小銃や速射砲の弾丸には、従軍司祭がその霊力を使って冥界から呼び出した戦闘精霊が封じられている。敵と戦い、敵に死をもたらすために突進する暗黒のパワーだ。

戦闘精霊は人に死をもたらす。この赤茶けた平原の荒涼とした風景の中には、昨日の会戦で戦闘精霊の弾に倒れた敵味方の兵士たちがその霊力によって土に変えられて眠っているのだ。

ラスクはぞっと身震いした。まだ戦場の空気に慣れることはできない。彼は力なく風をよけながら土手に沿って歩き、川岸へと下る道を探した。

ラスクはもともと、戦争などに興味はなかった。彼の家は田舎町で小さな精霊菓子屋を営んでいる。ラスクの得意技は玩具の砂糖菓子をつくることだ。

それはアルフェロアという名前の、砂糖を練り固めただけの単純な菓子だが、ラスクはそれをいろんな動物や花の形に細工するのが上手だった。火傷をするほど熱い飴状の砂糖を指先で練りながら、冷えて固まるまでの間に素早く形をつくってしまう。そして長い楊枝に刺して売る――子供相手の気楽な商売だ。

子供向けのアルフェロアは、砂糖の結晶の中に唾液と協力して虫歯を防ぐ精霊や、体内に消化吸収される前にカロリーを取り去って太りすぎを防ぐ精霊などを封じてやるのがコツだ。さらに、ちょっとした知識の精霊も練り込んでやる。初級学校で教わる単語の綴り字や掛け算の九九、童話の名場面などだ。

もっと手の込んだ大人向きのアルフェロアになると、菓子そのものでメビウスの輪をつくって高度な無限関数を挿入したり、天体の軌道を模した同心円を色砂糖の蔓で織り上げて、暦学の難解な法則を〝味わえる〟ようにすることだってできる。でも、ラスクにはそこまでの腕はなかった。高級な知識精霊を無理矢理、菓子の成分に練り込むことができても、今度は味覚の精霊がなじんでくれない。知識と味覚がずれてしまって味わいがだいなしになってしまうのである。

精霊菓子(リーブクーヘン)はそんなお菓子だ。精菓職人のナイーブな指先は、菓子の下地になる砂糖や粉や乳脂に宿る味覚精霊たちを誘い出す。そして特殊な呪文で自分の心に知識精霊を呼び出してブレンドし、練り、焼いて味わえるものにする。もちろんその工程には、菓子づくりにつきものである火や水や風の精霊の協力が欠かせない。

そうやってつくられる精霊菓子には星の数ほど種類がある。アルフェロアのような単純な砂糖菓子に始まり、ゼリーやプリン、ヌガーやタフィ、チョコやクレームをふんだんに使った各種のケーキに至るまで。

そして精霊菓子を食べると、その味とともに舌から知識を吸収することができる。味わいのよい菓子は、知識の吸収も早める。人間の味覚を通じて脳に運ばれた知識は記憶中枢(ちゅうすう)を刺激する。それは言葉や数字となって感じられるのが普通だが、上手につくられた精霊菓子なら、意識の中に具体的なイメージがありありと像を結ぶことだってある。

この世のあらゆる甘美(かんび)な味覚と知識を、自然界の精霊の力を借りて、一個の菓子に加工する――それがラスクのような精菓職人の仕事だ。

もちろん人が食べるのはお菓子だけでなく、肉や魚や野菜を使った料理もある。味覚の王道を求めて、さまざまな調理職人が腕を振るう。しかし精霊が宿ってくれるのは、お菓子の方だ。精霊たちは卵や乳や蜜(みつ)や甘い樹液が大好きなのだ。

この世界の人々は、朝起きると近所の精霊菓子店が配達するニューズ・クラッカーをかじって働きに出る。午後のおやつは気のきいた芸能番組を焼き込んだスター・クッキー、もしくはメロドラマを仕込んだ涙（ティア）ドロップや涙（ティア）グミのア・ラ・カルトだ。そしてやや値は張るが、大河ドラマを味わえる濃厚なゴールデンタイム・ビスケットに情熱（パッション）フルーツタルトなどを合わせて、優雅に賞味することもある。

学校では授業の一部として精霊菓子の時間があり、みんなそろってテキスト・パイを食べる。恋する人への告白は、思いのこもったレター・ワッフルを贈るのがしきたりになっているし、愛が実った日のウェディング・ケーキのクレームは、本物のキスよりも熱い味わいがあるという。

そんなわけで、この世界の人々は朝から夜まで精霊菓子を食べ、文字どおり甘い生活を送っていた。

この戦争が始まるまでは。

「いったい、何のために戦争なんか始めたのかな。宮廷の偉い人が考えることはさっぱりわからないや」

自らこの仕事に応募したくせに、使命感はからきし持たないラスクであった。もともと菓子づくりが何よりも好きなだけ。そしてこの職場で腕を上げ、シャーロッテ王女に褒（ほ）めていただける菓子をつくれれば本望（ほんもう）といったところだ。国家の野望に縁はない。

ラスクは土手から川原へと降りる小道を見つけ、ころばぬように注意しながら歩いていった。

軍隊づき精菓職人の見習いとして従軍した三カ月はひたすら修行の日々だった。王室の精菓師匠マラスキーノ師が率いる精菓職人集団は百名以上にもなる。その中ではラスクは一番の下っぱだった。

ラスクの担当は、メレンゲの泡立て係。

メレンゲとは、卵白と粉砂糖を混ぜ、泡立ててつくるケーキ生地のことだ。今のところ、明けても暮れても大きなボウルを相手に、王女や幕僚たちの精霊菓子に使うメレンゲを泡立てる生活が続いていた。

だが、ラスクがつくりたいのは、やはり砂糖菓子のアルフェロアだ。仕事の合間にこっそり自分の鍋を火にかけて砂糖を煮詰め、蜜に入れて冷やし、形をこしらえる工程を練習していた。だから精霊菓子の素材を仕込む忙しい時間に、ラスクは一人で工房のテントを抜け出し、川を探してやってきた。清水を汲むためだ。

砂糖菓子には水も使う。その土地の水の精霊を砂糖と一緒に煮詰めることで、その風土や気候に合った、しっとりとした風味が醸し出されるのだ。地下から湧き出る清流の水が適しており、しかも汲みたてでなくてはならなかった。

ラスクは腰に手をやり、愛用の小さな鍋やかき混ぜ用のへらを確かめる。そして磨き上げた銅の水筒も。

ラスクはようやく見つけたきれいな流れにしゃがんで指をつけた。何度か繰り返して水に触れ、水に含まれる精霊の思いを指先ですくい上げる。

――やはり、だめだ。

ラスクはがっかりして首を振った。

この水はだめだった。水の中に悪霊が混入して、水の質を変えている。戦場となったブリオーシュ平原――そこで互いの生命を奪い合った人々の怨念を食べた悪霊たちが、清流の精霊を押しのけて騒いでいる。目に見えるのはただの透明な水だったが、その中に漂う精霊たちの怒りを、ラスクの指はちくちくと感じていた。

これではいいアルフェロアはつくれない。不機嫌な精霊が宿った材料でつくった菓子は、味わった人も不機嫌にさせてしまう。

こんなとき、ラスクは軍隊に応募したことを後悔する。戦場では、本当においしい精霊菓子はつくれそうにもない。

仕方なくラスクはあきらめ、また土手に登って野営地に戻ろうとした。近道はないかと背の高い雑草を押し分けて、倒れた古木の向こうをのぞいたとき、はっとして立ち止まった。

馬車だ。

岸から落ち、川の流れに車体を半分沈めた状態で止まっている。

車体に描かれた、牛の角を象った（かたどった）エンブレム、そして特徴ある幌（ほろ）の形。

ラスクは緊張した。味方の軍車ではない。敵国デーメル王州の快速馬車だ。しかし……。

じっと観察して、彼はほっと胸を撫(な)で下ろした。馬車を牽く馬の姿も人影もない。打ち捨てられた車だ。その車軸は折れ、幌もぼろぼろだ。数日前に、ザッハー王州軍の攻撃に追われて逃げる放牧民のだれかが手綱(たづな)をあやまり、土手の上から転落させてしまったのだろう。川岸の不自然な轍(わだち)を見て、ラスクはそう思った。

馬車に乗っていた者は無事で、車体は放棄(ほうき)して馬に乗って逃げていったようだ。

カラン。

馬車の幌を吹き抜けた風が、何か小さなものと金物(かなもの)が触れ合う音を鳴らした。

それが何なのか、ラスクにはわかった。

おそるおそる馬車に近づき、破れた幌の中をのぞく。馬車の持ち主は取る物も取りあえず逃げ去ったらしく、馬具や食器やランプといった家財道具が散らかったままだ。

ラスクはそれを見つけ、手に取った。

把っ手(とって)のついた浅い煎(い)り鍋。

砂糖菓子をつくる道具のひとつだ。

鍋の底には、火の精霊を菓子に呼び込む魔法紋がレリーフされている。

「これは……精霊菓子の職人の道具だ」

鍋底を撫でるラスクの手が興奮に震えた。

大事に使い込んだ、いい鍋だ。

そして同時に彼のもう一方の手は、鍋の下に隠れて、馬車の床に落ちていた銅製の缶をつかんでいた。

菓子入れの缶だ。蓋の裏の金具に、袋入りの乾燥剤を引っかけて、中の菓子がしけるのを防いでいる。

そして予期したとおり、缶の中には十数粒の砂糖菓子が残っていた。ラスクの得意なアルフェロアの一種だ。それは缶の中で、からんからんと鈴のような音を立てた。

白い、光沢のある宝石のような砂糖菓子。

星の瞬きのような幾つものとんがりをつけた、かわいい手づくりの菓子。菓子の尖った部分は、丁寧に煎ったことで糖蜜から水の精霊が蒸発してできた結晶だ。ただの駄菓子なのに、こんなにきれいな形につくれる人がいたなんて——とラスクは驚いた。

ラスクはその一粒をつまんで、一瞬、思案した。誘惑にとらわれたのだ。

——どんな味がするだろう?

これは敵国の精霊菓子だ。軍の規則に従うならば、このまま司令部のテントに持って帰り、マラスキーノ師に報告しなくてはならない。敵国の食物はいっさい口にしてはならぬ、どのような毒が混ぜられているかもしれないから——と、マラスキーノ師はおっしゃっていた。ラスクは師匠の警告を思い出して迷った。

——これは、禁断の菓子だ。

しかし、このアルフェロアの色つや、煎り加減の見事さはどうだろう。それにラスクの指先は、この菓子に人を殺す毒の悪霊が入っていないことを感じていた。

一粒、そっと口に運び、唇と歯の間にはさむ。口の中に透き通った、清涼な香りがふっと広がった。もう誘惑に勝てない。慎重(しんちょう)に、ラスクは舌先を触れた。

「うっ！」

びりっと稲妻(いなずま)に打たれたような、すさまじい刺激。

アルフェロアの表面の甘い皮膜が唾液にとろけたとたん、気も失いそうなほどの苦みが走った。じんと、舌先がしびれる。

——しまった！

ラスクの意識を後悔の苦渋(くじゅう)が走った。

——これは毒か！

顔をしかめ、思わずアルフェロアを吐き出そうとしたときだった。

舌を麻痺(まひ)させた強烈な苦みが脳髄(のうずい)に達した。

ラスクの視界は真っ暗になった。

＊

『こんにちは』

少女の声がして、ラスクは目を開けた。

あたりを見回す。やわらかなピンクの靄に包まれて、自分がどこにいるのかわからない。立ったまま蜜の中を泳いでいるような、ふわふわした感覚だ。

その少女は目の前、手を伸ばせば握手できそうな距離にいた。紫の菱形の紋を刺繍した民族衣裳で、藍色の髪を肩にかけている。清水よりも澄んだ瞳。ラスクと同じくらいの年だろうか。

『きみは？』ラスクは尋ねた。

『デーメルの放牧の民、ブリオーシュ平原の部族の精菓職人よ。……あなた、私のアルフェロアを味わってくれたのね』

『うん』ラスクは素直にうなずく。この娘の態度には、まったく危険が感じられなかった。

『でも驚いたよ。あんまり苦かったから。てっきり毒だと思った』

そう言ったとたんに舌の上でまた苦みがよみがえり、ラスクは唇を噛みそうなほど顔をしかめた。例のアルフェロアは、まだ口の中に残っているのだ。

『本当はもっと上手につくれるのよ』デーメルの精菓職人の少女は、ちょっとプライドを込めて言った。『どんなに怒っている人でも、アルフェロアの味で素敵な気分にしてあげる自信があるわ。でもつくり手の私が悲しい気分でいてはだめね。食べたアルフェロアが苦いのはそのためよ』

『そうか……。だから、こんなに苦くても毒じゃなかったんだ』

ラスクは納得した。精霊菓子のつくり手に心の乱れがあったら、菓子の砂糖の結晶の中に封じられる知識と味覚の精霊がフィットせず、お互いの霊力を混乱させてしまうのだ。毒ではないにしても、おそろしくまずい味になってしまうのはうけ合いだ。

『時間がなさすぎたのよ』娘の瞳に、悲しさと悔しさが光った。『私たち一族は、あなたたちザッハー王州の軍隊にこの土地を追われて逃げる途中だったの。アルフェロアの結晶の中に、知識精霊を封入するのが精一杯で、とても味覚精霊の配合まで手が回らなかったわ……。だからあなたの舌が感じているのは、じつは甘いとか酸っぱいといった味じゃなくて、知識そのものの苦味なのよ』

『ちょっと……ちょっと待てよ。それならきみは、人間じゃなくて――』

『知識精霊よ。あなたが今、舌の上で味わっているアルフェロアは、砂糖の単結晶の薄いウェハーに細かな回路紋様を刻み、そこに知識精霊の私を封印し、何層も重ねて煎ったもの。それをなめると唾液が私を解放し、舌の味蕾細胞の内と外にイオンが生じる。その電位差が、脳神経を活性化する信号に変わる。……私はそうやってあなたの脳の感覚神経が映像として知覚した、知識精霊なのよ。このお菓子をつくった彼女が、アルフェロアの砂糖の結晶に記憶させた、彼女自身の再生画像なの』

娘――いや、娘の姿をした砂糖菓子の知識精霊が語った菓子づくりの理屈はデーメルの精菓職人に特有の科学技術らしく、ラスクには皆目理解できなかった。が、このアルフェロアをつくった少女の技量が、ラスクよりもずっと進んでいることはわかった。

何という、生き生きとした精霊の姿だろう。精霊の表情も仕草も、そしてまろやかな声も——そのすべてをたった一粒の砂糖菓子に凝縮させられるなんて。

精霊は言葉を続けた。

『このお菓子は、それを食べた人に真実を伝えるためにつくられ、この場所に残されました。私は菓子の知識精霊。あなたがだれかはわかりませんが、今から語る言葉をお聞きなさい。あなたの目に映るものを信じなさい』

ラスクは緊張した。精霊がさっと手を振ると、本のページを繰るように場面が転換したからだ。

ザッハー王州の首都、ピエス・モンテの王宮。その絢爛な櫓や塔頂のドームはスポンジケーキやシュー皮を思わせ、列柱や窓枠を飾る装飾はアーモンドや乾し葡萄やショコラトルのかけらのようだ。

王女の居室。

シャーロッテ・フォルマージュ王女は瀟洒なベッドに半身を起こし、虚な面持ちで綿菓子みたいなカーテンを透かして射し込む陽光を見つめている。ベッドの脇には精霊菓子のクレープ・シュゼットを載せた銀の皿。王女は不健康に痩せた頬で、視線を遠くにさまよわせ、菓子には目もくれようとしない。

ラスクは思い当たった。

これは、数カ月前、デーメル王州との戦争が始まる前の王女の姿だ。

『シャーロッテ王女は各国との外交にデビューして間もない十八歳。ザッハー王州国内ばかりか大陸の果てまで吟遊歌人が謡い上げる、うるわしき姫君でした。花を愛で、小鳥とたわむれる王女のやさしい面影は宮廷菓子工房がつくる精霊菓子――薄く繊細なビスキュイに甘酸っぱいバヴァロアを詰め、もちろんシャーロッテと名づけられたお菓子――を味わえば心の中に像を結んで、見ることができました』

デーメルの精菓職人の娘がアルフェロアの中に記憶させた知識精霊の姿はぼやけ、声だけがラスクの耳に――正確には舌を通じて脳に至り、聴覚神経を震わす刺激として――伝わってきた。

このころ、ラスクは王女より年下の十六歳だったが、今どきの少年たちの多くがそうであるようにシャーロッテ王女の大ファンだったから、王女の肖像画を〝味わえる〟宮廷直販の精霊菓子をせっせと買ったものだ。

『でも、ザッハー国内の平和は、王女のご病気とともに失われていきました。王女はひどい拒食症を患われたのです。どのような精霊菓子も受けつけなくなってしまわれ、ほんの一口どころか、香りをかがれただけで愛らしいお顔は苦痛に歪み、たちまち高熱を出して床に臥せられたといいます』

それは宮廷の一大事だった。母君はすでに亡く、父王は政治に不熱心で芸術三昧という内情の中で、シャーロッテ王女には、ザッハー王州の将来を左右する指導力が期待されていたのだ。

ラスクたちもそんな王女の健康を案じて、早く一人前の精菓職人になって精霊菓子の傑作をつくり、王女に食べていただけないかと願ったものだ。

『臣民の願いが通じたのか、王女の病はやがて癒えました。宮廷づきの精菓師匠に就任した精霊菓子の名手、マラスキーノ・カレーム師が王女の食欲を取り戻す菓子の開発に成功したのです』

ラスクが見る場面も替わった。首都ピエス・モンテの城門から出撃する遠征軍の威容。小銃を携えた騎兵団、速射砲を搭載し、馬に牽かせた軍車の群れ。台車に載った移動式のテント。そしてひときわ大きな軍車に積んだ攻城砲をまたぐ玉座台で、しなやかな身に銀の甲冑を纏い、りりしく立つシャーロッテ王女。

『そして、戦争が始まりました』

まるでニューズ・クラッカーをかじって味わう報道番組のように、感情を押し殺した説明が続いた。

王女が快癒なさったという朗報を待っていたかのように、ザッハー王州は隣国デーメルに宣戦布告したのだ。遠征軍の総司令官はシャーロッテ王女その人である。

戦争勃発とともに、ザッハー王州軍は王女の軍隊につき従う精菓職人を大々的に募集した。ラスクも応募し、見習いとして採用された。

そしてラスクは知った。

精霊菓子は兵士たちの勇気を鼓舞し、命令をすみずみまで伝達し、軍の統制をはかるために不可欠な情報兵器でもあったのだ。

マラスキーノ師の指導により、軍隊組織の中に精霊菓子の職人集団が編成された。彼らは現在の戦況や敵の戦力、そして敵に対抗する戦術などの軍事情報を知識精霊に託して、精霊菓子に記憶させるのだ。その菓子を総司令官の王女から一兵卒に至るまでが味わうことで、全軍将兵が正確な情報を共有できる。

精霊菓子を戦争に使うザッハー王州軍は強かった。

シャーロッテ王女は直接戦いに参加しなかったが、司令部のテントにあって全軍を指揮していた。王女は変わられた、とだれもが思っていた。かつての愛らしい平和な少女の面影は消え、美しくもシャーベットのように冷たく、しかし溶けることのない氷砂糖のようなお方になられたと……。

『シャーロッテ王女を変えたのは、宮廷づきの精菓師匠、マラスキーノの陰謀でした』

知識精霊のさりげない説明に、ラスクはどぎもを抜かれた。

戦争は始まった。しかしなぜ戦争が始まったのか、その理由など考えたこともなかったのだ。

『どうして!』

ラスクは聞き返した。知識精霊は淡々と答えた。

『マラスキーノは悪霊を操る、闇の精菓職人です。食べた者を狂わせる、恐ろしい魔菓子を彼はつくります』

『嘘だ！　そんなはずが——！』

ラスクは怒った。マラスキーノ師は王女を救った精菓職人の英雄だった。ザッハー王州の精菓職人の頂点に立って尊敬を集める、偉大な師匠なのだ。

でも、精霊の声はラスクを無視して続いた。真実を語るのに弁解などいらないという態度だった。

『あの男はかつて、私たちのデーメル王州で最もすぐれた精菓職人の一人でしたが、富と名声を求めて悪魔に魂を売り、悪霊の魔菓子に手を染めました。私たちはその危険を悟ってデーメル王州から彼を追放しようとしたのですが、彼は一足先にマラスキーノと名前を変えて、ザッハー王州へ逃げ込みました。私たちは彼をひそかに追跡しましたが、すでに彼はシャーロッテ王女の病を治した功績で、王室に権勢を振るうまでになっていたのです』

『でも、どうやって。悪霊の魔菓子なんかで、王女さまを救えるはずがないじゃないか……』

『マラスキーノは王女を救ったのではありません。魔菓子の悪霊で、王女を誘惑したのです。王女が拒食症になられたのは、なぜだと思いますか』

ラスクは詰まった。これも考えたことがなかった。わずかに考える時間をラスクに与えて、声は答えた。

『……幸せすぎたのですよ。王女の食卓に出される精霊菓子は幸福の精霊ばかりを配合した、甘い甘いケーキばかりでした。平和で、何不自由ない国でしたから当然でしたし、幸福感をちりばめた精霊菓子はやさしく愛あふれた人格をつくったはずです。しかしそれは同時に王女を弱くしました。人の心は美しいものも醜いものも併せて味わって育つもの。甘い幻想だけでなく、苦い現実があることも知らなくてはなりません。幸福感も積もりすぎれば退屈になります。甘く甘く、ひたすら甘くなりすぎた菓子は、もう、おいしくありません。そのとき王女は精霊菓子に魅力を失いました。……そしてマラスキーノは拒食症になった王女に、その心の弱さにつけ込む魔菓子を献上したのです。その菓子のメレンゲ生地には、ひそかに悪霊の魔毒が混ぜられていました——他人の不幸を楽しむ刺激的なスパイスが』

『でも、それは菓子づくりの禁じ手だよ。だいいち、悪霊の味は食べた人にすぐわかる。人間だったら吐き出してしまうはずだ』

『マラスキーノは、悪霊の味を隠す添加物を開発していたのです。その〝味かくし〟は人の健康を損ねることのない無害な化学物質ですが、一時的に悪霊の味を感じられなくします。あなたもザッハーの精菓職人ならご存じでしょう。マラスキーノが菓子づくりの工程の最後に振りかける、白い輝く粉を』

その粉はラスクも見たことがあった。無害だからという理由で、今や王室の精菓職人はみんな、マラスキーノ師にならってメレンゲ生地などに混ぜている。

『その粉のおかげで舌に感じられない〝かくし味〟になった悪霊は、王女の心にまんまと忍び込み、王女の良心をそそのかしました――甘ったるい平和はあきあきした。そろそろこの世に不幸を。刺激あふれる戦いと勝利の陶酔を。手始めにデーメル王州を侵略してみてはいかが――と。もちろんマラスキーノも、自分を追放したデーメルを逆恨みしていたので、そのように進言したでしょう。王女は知らぬ間に、マラスキーノに操られてしまったのです』

信じたくなかった。あの美しくやさしかった王女が変わられた理由がそうだったとは。ラスクは忌まわしい妄想を追い払うかのように首を振った。しかし戦争は現実だったし、知識精霊は嘘をつかないのだ。

『どうすればいい？　どうすれば王女さまをもとへ戻せるんだ？　教えてくれ』

『真実を知らせなさい。王女はこのことを知らないだけなのです。真実さえ知れば、王女は自ら、心の呪縛を解く力をお持ちです』

『しかし……それならどうして、きみたちデーメルの人々は、そうしなかったんだ？　だれかが王女さまにそう言えば――』

『魔菓子の悪霊を祓うには、真実を伝える精霊菓子を食べなくてはなりません。でもシャーロッテ王女の卓に並ぶ精霊菓子はすべてマラスキーノの手が入っています。あなたが今味わっているアルフェロアを王女が口にされれば、同じことを王女の心にお伝えできるのですが――私たちの力では叶わぬことです……』

デーメルの娘の姿をした知識精霊は言い終えると姿がぼやけた。ピンクの霧が視界にかかり、晴れると、ラスクは馬車の中にうずくまっている自分に気がついた。

ほんの数分しか時間は過ぎていなかった。口の中でアルフェロアの一粒が溶けてなくなる間に、知識精霊はラスクに真実を伝えて消えていったのだ。

それでも、まだ苦みが舌に残っていた。火傷（やけど）をしたように、ひりひりと痛むほど強烈な苦み。

ラスクはそっと身をかがめて馬車から降りた。長衣の裾に、馬車の中で拾った菓子づくりの鍋と、銅の菓子缶を隠して。缶の中にはまだ、同じアルフェロアが十数粒、残っている。平原の草むらを縫（ぬ）って小走りに野営地へと戻りながら、ラスクは考えていた。

――どうしよう？

時間はなかった。総攻撃は明午前にせまっている。それまでに、このアルフェロアを王女に食べてもらうことができるんだろうか？

でも、それしか方法がない。

＊

野営地に着いたころには陽（ひ）が暮れていた。歩哨（ほしょう）の兵士に誰何（すいか）され、銃を向けられて名を名乗り、冷汗をかきながら精菓工房のテントに顔を出したとたん、メレンゲ係の親方はラスクの首根っこをつかみ、一発びんたをくれた。

「また、サボりやがって。罰として今夜は寝ずの番だ。調理場で夜明けまでメレンゲを泡立てるんだぞ！」

従軍して何十回目かわからない懲罰だが、親方もよく心得たもので、鼻血が出たり舌を噛むようなひっぱたき方はしない。そうなると仕事にならなくなる。それにラスクはぼんやりした性格でも、罰仕事はまじめにやることで定評があった。ひねくれ者ではなく、要するに一人で仕事をするのが好きなのだ。戦争する兵士とはちがって、夜明けまでに自分の仕事をこなせば、職人として許される。もっともそんな性格のままだったら一生雇われ職人で、親方にはなれっこないが。

親方は念を押すようにメレンゲづくりの段取りを唱え、ラスクに復唱させると、さっさと自分のテントに引き上げていった。やがて野営地は寝静まったが、ラスクは調理場の隅で、発光虫のランプの明かりを頼りに黙々とボウルのメレンゲをかき混ぜていた。

何十個もの卵を黄身と白身に分ける。白身に粉砂糖を加えながら、銀の針金でできたフエという器具でかき混ぜる。ふっくら泡立ったら、あらかじめふるいにかけておいたナッツ・パウダーと混ぜて、さっくりしてきたらメレンゲ生地になる。一方、卵の黄身は砂糖や小麦粉と合わせて白くなるまですり混ぜ、煮立った牛乳に入れ、適量のゼラチンを配合してクレームをつくる。

ラスクは菓子づくりが好きだ。

工程のひとつひとつに味覚の精霊や知識の精霊を呼び出す歌と呪文がある。リズミカルに指を振り動かしながら謡い、精霊たちを生地やクレームの泡立ちに封じ込めていく。

精霊たちは目に見えないが、卵白の泡がはじける音やふくよかなヴァニラの香りに踊っているのがわかる。精霊たちが喜んで協力してくれるのは調理場の仕事の中でも菓子づくりだけだ。普通の料理は肉でも魚でも野菜でも、この世界に生まれ育った生きものから生命を奪い、その身体を食べることになる。それは生きものの残霊が強く、自然界の精霊が宿るには居心地がよくない。

でも、お菓子はちがう。

小麦も卵もナッツも、蜂蜜も乳も樹液の砂糖も、それ自体は生きものとして生まれた身体ではない。生まれる前の種か、生まれるための栄養素だ。殺して得る材料ではない。

だから精霊たちがなじむ。喜んでその泡立ちや結晶の中に宿ってくれる。

ラスクはいつものように、繊細な指先で仕事を続けながら、考えていた。

——どうすればいいのだろう。

デーメルのアルフェロアを、王女に食べていただくには……。

方法は、あった。

調理場から天幕を二枚くぐれば聖餐の間——王女を始め高官たちの食事処だ。

そこには長いテーブルの上に、まばゆく輝く銀の食器が並んでいる。明日の夜明け、王女と将軍たちが朝食を取る準備だ。調理場には下ごしらえのできた料理が銀のカバーをかけて並んでいる。そして朝食のあとに精霊菓子の時間となる。本日の戦況や、総攻撃の作戦まで練り込んだ精霊菓子が食卓に並ぶことになる。

ラスクが泡立てているメレンゲはその材料になる。明け方にマラスキーノ師の点検と祈禱を受けて、精霊菓子の仕込みが終わり、すぐにオーヴンに入れられる生地なのだ。

だから……。

――今、人気のないうちに缶の中のアルフェロアを砕き、粉砂糖に混ぜてメレンゲに入れてしまえば……。

明日のメニューはデーメル王州の領土の形に焼き上げた、大きなシュクセ・ノワゼットだ。人数分に切り分けたあと、王女がどの部分を食べられるのかはわかっている――クレームとヘーゼルナッツでデーメルの王都を象ったところだ。

そこに、アルフェロアの砂糖結晶の粉が混ざってくれるよう、配合すればいい。

ラスクの腕でも、できないことではない。

――やろう！

ラスクは決意した。

王女を悪霊から解放し、戦争を終わらせるために！

しかし、ひとつ問題があった。

このアルフェロアに毒はないが、猛烈に苦いのである。さまざまな味に慣れたラスクの舌でも、吐き気を抑えるのがやっとだったのだ。少々の苦みではない。どんなに細かく砕いても、ボウルいっぱいのメレンゲの味を変えてしまう。王女に、最初の一口で顔をしかめて吐き出されでもしたら、企てが失敗するだけではすまない。担当者の首が飛ぶ。

ラスクはボウルのメレンゲをじっと見つめながら、思わず自分の首筋をさすった。

まだ十代、命は惜しい。

——どうする……どうする！

ラスクはあせりにとらわれた。

試しに数粒のアルフェロアを擂り鉢に入れて、ラスクは考えをめぐらせた。その手は銀の棒ですみやかに砂糖菓子を擂り潰す。

細かなガラスの粉のようになって、七色にきらめくアルフェロアを見つめて、ラスクは思いついた。

——そうだ！

〝味かくし〟だ。

マラスキーノが使う、人間のきらう味を隠してしまう添加剤——あれならアルフェロアの苦みを隠せるだろう。王女が食べても、すぐにはそれと気づかれない。まさに隠し味だ。真実という名の隠し味。

擂り潰した真実のかけらを、さっとメレンゲのボウルに振りかける。小さな結晶にまで砕かれたアルフェロアのかけらから、真実を伝える知識精霊が逃げ出さないよう、囲い込みの呪文を低く唱え、ラスクはメレンゲの泡立てを完了した。

さらに小麦粉を混ぜる段階で〝味かくし〟を探す。マラスキーノ師専用の移動戸棚の中に、純金の壺(つぼ)が見えた。

――あれだ。

壺は結界に守られていたが、ラスクが宮廷づき精菓職人のパスワードを含んだ呪文を唱えると、その蓋は使用を許可してことんと開いた。

無害な、白い粉。

適量は何ともわからない。目分量で、二振りほど振りかける。それはさっくりと仕上がったメレンゲ生地の中に吸い込まれるように吸収され、消えた。

「ふう……」

ラスクは深々と息を吸い、メレンゲ生地の純白の輝きを食い入るように見つめた。

数分、緊張の時間が流れた。

取り立てて、変化はない。

味見用のスプーンにわずかなメレンゲを取り、口に運んだ。

おそるおそる味わう。

ぷんと香り立つヴァニラとバター、ナッツの精霊。そして味は――

すっきりした甘味だけだ。

成功だ。苦みは完全になくなっている。

――さすが、マラスキーノが自ら調合した魔法の添加剤だ。

ラスクは胸を撫で下ろし、メレンゲをさらに大きな、王女用のメレンゲ生地が入っているボウルに移した。そっと攪拌し、まんべんなく混ぜる。

これでいい。明け方には親方連中がやってきて、この生地を〝絞り出し袋〟に入れてプレートの上に形を整え、オーヴンで焼く。そしてマラスキーノの祈禱を受けたのち、王女の御前に披露されるはずだ。

――そうだ、オーヴンの火加減も調節しておかなくては。それも仕事のうちだった。

そう思い至って、鋳鉄のオーヴンの釜にいこっている火の精を起こそうとしたときだった。

ラスクははっとして手を止めた。

このメレンゲは完成していない。オーヴンで焼き終わってようやく、精霊の封じ込めが終わり、味が決まる。そのとき苦みの成分がボウルの底の方に固まっていたりしたら、一大事だ。

――最後まで、試さなくては。

ラスクは王女のメレンゲをひとすくい取ってプレートに載せ、呪文で炎を強め、温度を確かめると釜の中に入れた。

砂時計で時間をはかり、手袋をしてオーヴンの扉を開けた。

息を呑む。

あまりの絶望に、足下に真っ黒な穴が空いてまっさかさまに落ちていく気分だった。

きつね色に香ばしく焼き上がったメレンゲの表面に、ぽつぽつと青緑色の染みが浮き上がっていた。見る間に染みは広がって、気持ちの悪いカビ状の斑点となって固まった。

「くそっ……」

ラスクはやり場のない悔しさに、涙をにじませた。加熱がいけなかった。熱の精が加わったとき、メレンゲの中でアルフェロアの結晶と〝味かくし〟の粉末粒子が接触して、わけのわからない化合を始めてしまうのだ。ラスクの背筋に悪寒が走り、身体から力が抜けた。その場にへたり込んでしまいそうだ。

王女のメレンゲのすべてに、アルフェロアの結晶と〝味かくし〟が混ざってしまった。

——もう、もとに戻せない。

これでは一目瞭然だ。味を隠した代わりに、朝になって親方たちがマラスキーノの前でオーヴンからメレンゲを出したとたん、この化学反応が始まってしまい、異物の混入がばれてしまう。

——こんな、カビが生えたようなケーキを、まさか王女さまの食卓に並べられるものか。

すでに深夜。

額の汗を手の甲でぬぐい、眠気で茫洋とした意識を振り絞って、ラスクは自分自身に決断をせまった。

――メレンゲをすべてつくり直すか?

その時間はない。それにつくり直しに成功しても、アルフェロアを混ぜる方法を編み出せないのではもとのもくあみだ。シャーロッテ王女のお口の中にアルフェロアが入り、その知識精霊が真実を伝えなければ、予定どおりに王女はザッハー王州軍に総攻撃を命じ、この戦争は取り返しがつかなくなってしまう。

ラスクは途方に暮れ、天幕の隙間から、明朝の王女の食卓をながめた。銀の大皿小皿、銀の匙(さじ)やナイフなどが整然と並んで、うろたえるラスクを嘲笑(あざわら)っている。

――どうする?

ザッハー王州の未来を――王女の運命を自分一人の腕に担(にな)うなんて、ばかげたことだ。このまま黙って、逃亡するか? 逃げてもわざわざ、こんな下っぱの精菓職人見習いを追いかけて来るやつはいないだろう?

ラスクは天幕の出口に歩み、そしてまたオーヴンの前に戻り、うろうろと歩き回った。

そして、ふと、自分が何かをつかんでいることに気がついた。

菓子づくりの、小さな鍋。

あの馬車の中から拾ってきた鍋だ。

ラスクはぼんやりと、鍋を見つめた。そして缶の蓋を開ける。その中にはまだ数粒のアルフェロアが残っていた。

逃げちゃいけない、と心の中でだれかがささやいた。……それは、アルフェロアに宿った精霊の声だったのかもしれない。

あなたは精菓職人よ。たとえ下っぱでも得意技を持った、一人の職人なのよ――と。

できることは、ひとつしかない。

――やろう。傑作をつくってやる。

ラスクは深呼吸し、再び仕事に取りかかった。

*

翌朝。

冷たいが、清々しい光の精がテントの天窓から射し込む。ブリオーシュ平原の朝靄が晴れるとともに、シャーロッテ王女のご臨席による精霊菓子の時間は、厳粛に始められた。

中央の玉座に王女。出陣前なので緋色の軍服を召し、背後に数名の女性武官を控えたまま、優雅に菓子を口に運ばれる。テーブルに着いた将軍たちは二十名ばかり、それぞれがやはり背後に幕僚を控えている。

最初に小さなストロベリー・タルトレットが運ばれ、新鮮な果実の甘味を味わう。これには舌の味覚を目覚めさせる精霊が宿っている。そして薄味の紅茶がこれも小さな銀のカップで供され、そののちに知識精霊がたっぷり詰まった軍用の精霊菓子となる。

このときは王室づきの精菓職人も全員、食事処の末席に立ち並んで、王女が味わい終えるまで控えているのが決まりである。

ラスクもそのまた末席で、精菓職人のエプロンに両手を包んでかしこまっている。とうとう徹夜になったため、疲労困憊の極みだ。眼差しは虚で、唇を噛み、その痛みでようやく目を覚まして立っている。

精菓職人の列の上座には、師匠マラスキーノが落ち着いた表情に、かすかな笑みをたたえて威儀を正している。恰幅のある身体つきに、ザッハー王州を代表する精菓職人の自信が満ちあふれ、他の職人よりひときわ高いマッシュルーム帽が神々しくさえ見えた。

この人物が、王女を悪霊に陥れ、ザッハー王州を戦争に導いた張本人なのだろうか？

マラスキーノの威厳を目のあたりにして、ラスクは自分が間違っていたのではないかと、不安になった。もし、アルフェロアの知識精霊が伝えたことが真実でなかったら――このような場だ。自分の命の保証はない。

そんなラスクの内心のおののきをよそに、菓子の時間はしずしずと過ぎていく。手際よくサービスする侍従たちの動きと、居並ぶ高官たちの手に輝く銀食器がラスクの網膜に焼きつく。

高官たちの食事に使われる食器はすべて銀製だ。銀の精霊たち――これをデーメル流に言えば銀イオンということになるが――は殺菌作用があり、食器を清潔に保つからだ。

出撃を控えて、高官たちは王女が美しい声で尋ねられる戦況判断や軍備の状況の質問に答え、談笑する。そうした儀式的な雰囲気に包まれて、メインの精霊菓子が運ばれてきた。

ラスクはごくりと唾を飲み込み、その菓子を注視した。

デーメル王州の領土の形に焼き上げた、大きなシュクセ・ノワゼット。ゆうべ、ラスクが細工して失敗した、まさにそのメレンゲを焼いてつくったもののはずだ。

だが……。

ラスクが恐れていた、あのカビ状の斑点はなかった。ふっくらとした、つややかな菓子。将軍たちがこれから占領を分担する範囲ごとに大ナイフで切り分けられたメレンゲの表面はきれいなきつね色で、将軍たちの食欲を誘っていた。

――まさか！

ラスクは自分の目を疑った。

菓子をサービスする者、賞味する者、ながめる者、だれ一人として表情を変えない。だれもが怪訝な顔ひとつせず、菓子の味に疑問を持つ者はいない。

王女もデーメル王州の首都を象った部分に、ケーキ用の、先の割れた形の銀の匙を刺し、ほほ笑みながら味わっていく。

やがて皿に最後のひとかけらを残すまでになったとき、ふと王女は手を休めてナプキンをそっと唇に当て、いつもより早めに菓子の感想を述べた。

「今朝の精霊菓子はまたとない味わいです。味覚の精霊と知識精霊のハーモニー、申し分ありません。敵国デーメルの兵力配置、わが軍の戦力と攻めるべき手法、すべてを明瞭に知識精霊は語ってくれました。わが軍の勝利を確信するに足るものです」

将官たちはいかめしい髭の端にクレームを少々引っかけたまま、深々と一礼した。ショコラトル色の軍服に、血色のよい肌、肩や胸を飾る金銀のモールは、目の前のケーキとデザインを競っているようだ。王女はマラスキーノを向いて言葉を下賜した。

「わたくしは満足です。このお菓子をつくったそなたたちに祝福を。ご苦労でした」

「光栄に存じます」マラスキーノは満面に笑みを浮かべて言った。「ただ、恐れながら、王女さまの祝福に値しない、ただ一人の人物を除きますれば……」

「ほう、それはどなたですか」

王女は問い、ラスクの心臓は凍りついた。

――ぼくのことだ！

マラスキーノが意味ありげに手を振ると親方たちが動き、控えの間からワゴンを押して入ってきた。

たった今、王女が味わったシュクセ・ノワゼットとまったく同じものが載っていた。

ただひとつちがうのは、そのおいしそうなメレンゲの表面に不気味な青緑色の斑点がまだら模様を浮き立たせていたことだ。

「ふむ……」

王女は気品をたたえた眼差しに不釣り合いな懐疑を添えて、ケーキに注目した。その視線はマラスキーノが指差すラスクに移動した。ラスクは縮み上がった。

「王女さま」とマラスキーノはメニューを説明する口調で淡々とラスクを告発した。「誠に不祥事ながら、わが職人集団の末席の一人が、こともあろうに王女さまのメレンゲに異物を混入いたしました。師匠たる私の不徳のいたすところでございます。が、ご安心下さいますよう。聖餐の精霊菓子は常に二組、ご用意さしあげております。夜明けにメレンゲを焼き、異常を発見しましたので、ただちに予備のメレンゲに取り替えましたゆえ」

「そうですか」王女は寵愛する精菓師匠の説明に安心したらしく、皿に残った最後のひとかけらを匙ですくい、優雅に味わった。

「でも、マラスキーノ。どうしてあの少年がいたしたこととわかるのです」

「昨夜、王女さまのメレンゲを一人でかき混ぜておりましたのは、この精菓職人見習い、ただ一人でした」

居並ぶ高官たちの怒りに燃えた視線がラスクに集中した。ラスクは立ったまま、視線の刃に切り刻まれる思いがした。

「少年、相違ありませんか?」

シャーロッテ王女は異例にも、今や被告席となった末席で震えるラスクに直接、尋ねた。ラスクはとても声を出して答えられる状態ではなかったが、事実は事実だった。彼はうなだれ、地に両膝をついた。

マラスキーノは、いかにもつまらぬことといった調子で王女に問いかけた。

「王女さま、さすればこの見習い少年の愚行に、反逆罪に当たる処罰を下されますよう」

「反逆の罪ですか」と王女は確認した。

「御意」マラスキーノはかしこまって、王女の判決を促した。王女は口元にちょっと指を当て、考える仕草をして答えた。

「では、打ち首ですね」

専制君主の判決が、こともなく下された。

ラスクは絶望の眼差しで王女を見た。王女は情のかけらもない判決とはうらはらに、かすかなほほ笑みすら浮かべている。

高官たちの顔に畏怖の波紋が広がった。マラスキーノのおだやかな態度の裏に隠された傲慢を感じ取ったからだ。部下の失態をわざわざ王女の御前で断罪するのは、マラスキーノ自身にとって不利なことである。これが宮廷裁判所なら、師匠であるマラスキーノの責任も問われたことだろう。しかしマラスキーノはラスクの失態を利用して王女の口から直接に判決を引き出した。そうすることでマラスキーノは、自分の責任を棚上げにし、同時に自分が宮廷裁判所よりも大きな権力を持っていることを誇示したのだ。この場で彼の権力に恐怖したのはラスクよりも、高官たちの方だった。マラスキーノはそこまで計算していたのだ。

衛兵がラスクの両脇に寄り、容赦(ようしゃ)なく少年を立たせた。衛兵は人間の首どころか丸太でも切り倒せる刀を携えているので、刑の執行はいつでも、どこでも行える状態となった。

「そこで──」と王女は一同をながめ渡して述べた。「処断を下します」

一同はあわただしく起立した。さっそく、刑の執行を命ぜられるのだ──と、ぴりぴりした緊張の糸が直立不動の人々を縛り上げていった。

「将軍」と王女は一人座ったまま、次席最高司令官を呼んだ。いかめしい口髭の将官はさっと敬礼した。王女は続けた。

「全軍を部隊別に整列させなさい。工兵隊はこの幕舎の正面に。攻城櫓(こうじょうろ)の木材を準備するように」

「はっ、ただちに」

全軍の目の前で反逆者ラスクを処刑し、そしていよいよデーメルの王都の城壁を攻めることになると直感した将軍は、王女の命令を忠実に復唱した。

「そして──」と王女は言い、食卓に目を落とすと銀の匙を取り、口いっぱいに含んで、ぺろりとなめた。

一同は息を呑(の)んだ。

あまりに場違いな、王女らしからぬ不作法なテーブルマナーだったからだ。驚きと戸惑いに一変した雰囲気を意に介さず、王女は再び匙をくわえて、ぺろりとやった。

「……あの、王女さま、どうぞご命令を」

将軍が唖然としながらも、王女に問うた。

「そうね……」王女はにっこり笑って命令を続けた。「工兵隊は幕舎の前の広場に櫓を組み、色とりどりの旗を華やかにめぐらしなさい。そして舞台をつくるのよ。従軍している吟遊歌人と楽士たちも集めなさい。ただ今より各部隊対抗の歌合戦を開催します」

「は……はあ？」

総攻撃の開始にしては、あまりに的を外れた命令に、老獪な将軍も目を白黒させて聞き返した。

「復唱なさい」

何しろ打ち首の判決の直後である。王女の一言は重い。将軍はそのまま復唱した。

「次に将軍、あなたはすぐに和平の使節としてデーメルの王都へ赴きなさい。この平原にデーメルの使者を招き、友好条約を協議、調印して撤退します。それまで全軍は武装を解き、歌合戦と平和の宴を楽しむように」

「……か、かしこまりました」

将軍に二の句を継ぐ間を与えず、王女は朗々と宣言した。

「ザッハー王州とデーメル王州に訪れる平和を歓び、この場で恩赦を下します。……さきほどの判決は破棄。精菓職人見習いの少年は無罪放免です」

ラスクの自由を奪っていた衛兵が離れた。ラスクは命拾いした実感もほどほどに、ひざまずいて王女を仰いだ。

王女は玉座を立ち、ラスクの前へ歩んだ。その手には銀の匙――ラスクの渾身(こんしん)の傑作が握られていた。

王女がその匙の味をどのように感じるか、いちかばちかの勝負だった。それにラスクは成功したのだった。

「これは味わい深い精霊菓子でした。デーメルの知識精霊の言葉、私の心の中に見事によみがえりました。すばらしい味です。賞賛(しょうさん)に値する。そなたの名前は？」

精菓職人の見習いごときが直接、王女に答えるのは、はばかられた。恐れ入(い)って声も出ないラスクに代わって親方が答え、王女はラスクのフルネームを呼んだ。

「ラスク・トライフル・シュマーレン、手をこちらへ。この銀の匙を砂糖菓子でつくったそなたの手をよく見せて下さい」

ラスクはためらいつつ、両手のひらを差し出した。王女はラスクの火傷(やけど)だらけの手をいたわるように、指を添えた。昨夜、必死でアルフェロアを溶かして蜜と砂糖を加え、熱いまま指先で形をつくったので、その火傷ができたのだ。形といい光沢(こうたく)といい、本物の銀の匙とそっくりにするためには、熟練の域に近い彼の指でも、火傷をするほど慎重(しんちょう)に素材を練らなくてはならなかった。

「よい腕です」とシャーロッテ王女はラスクを褒めた。

「この銀の匙が砂糖菓子だとは、私にも食べるまでわかりませんでした。しかし、ずいぶんと刺激的な味でしたこと」

「やはり……苦かったですか？」

ラスクは消え入りそうな声で訊ね、シャーロッテは悪戯っぽくうなずいた。このとき、ラスクの前には、王女ではなく、ごく普通の女の子の無邪気な顔があった。

「じつは、かなりね」と言ってシャーロッテはすっかり薄くなった匙をまた、ぺろりとなめて、それこそ全世界の苦虫を嚙み潰した顔をした。「……うう、相当なものだわ、この苦さは。我慢するのも結構、大変なのよ」

「すみません」ラスクは素直に謝った。「これひとつしかつくれず、味見することもできませんでした。マラスキーノの〝味かくし〟を使うわけにはいかなかったし……」

「わかっています。一度なめただけで、菓子の中の知識精霊がそのことを教えてくれました。真実の味は、ときには大変苦いものだということを」

「でも、よく我慢されましたね。顔色ひとつ変えられなかった」

「玉座にいるときは、それが仕事なの。甘いものがきらいでも、文句を言ってはいけないのよ。うっかりまずいなんて言うと、大臣たちが菓子職人を罰するなんて騒いだりするもの——さっきのようにね」

ラスクは、はっとした。

「それじゃあ……だから王女さまは拒食症になったんですね」

シャーロッテはうなずいた。

「そうよ。一日中、甘ったるいお菓子ばかりで、うんざりしていたの。だから拒食症になって、マラスキーノの悪霊の味に、幻惑されてしまったわ。でも、あなたのこの匙——砂糖菓子の苦みはいい薬でした。ひとなめで私から悪霊を追い出し、麻痺(まひ)していた舌をもとに戻してくれたの。……私が生まれて初めて味わう、本物の苦みでした」

そう言って、シャーロッテはマラスキーノの方に視線をやった。王女が命じるまでもなく、陰謀が発覚したマラスキーノは衛兵たちの銃口を前に観念していた。

「でも、この苦みは強すぎて、多少のお口直しも必要だわ。ラスク、この菓子の苦みを教えてくれたあなたに感謝して」

と言って、王女は素早くラスクの手を取り、火傷にほてったその指に軽い口づけをした。

その場に居並ぶ将軍たちを始め、精菓職人の親方たちも仰天して、言葉を失った。が、その沈黙はたちまち、歌合戦のために天幕の前に集まった兵士たちの歓呼の声に破られた。

「シャーロッテ王女に、幸いあれ!」

＊

数日後、精菓職人ラスク・トライフル・シュマーレンは愛用の菓子づくりの鍋を携えて、修行の旅に出た。

もちろんその鍋の、かつての持ち主――デーメルの精菓職人の娘を探す旅だ。

その娘(こ)に会ったらラスクは伝えるだろう――彼女がつくった、口が曲がるほど苦い砂糖菓子が、この世界に甘くやさしい平和をもたらしてくれたことを。

光響祭

銀色の静寂を破り、ホルンが鳴り響く。
ゆるやかにうねる峡谷(きょうこく)、白銀の崖(がけ)にすっぽりとかぶさる白銀の樹海。
教会の尖塔(せんとう)よりも高い巨大樹のこずえを震わせ、きらきらと銀の葉を散らせて——
ホルンが響く。

〽トゥララ　トゥララ　銀の谷　銀の霧(きり)　響きよ渡れ　風に抱かれて
トゥララ　トゥララ　銀の峰　銀の森　僕は帰った　星の彼方(かなた)から

虹族の少年が一人、銀の管をくるりと巻いたナチュラルホルンを構え、吹き鳴らしながら、谷に架(つ)かる吊り橋を渡っている。

谷の両斜面から向かい合って生えた銀色の二本の巨木、ヤキンとボアズを橋脚にして、虹色の超紐(スーパーストリングス)を二重螺旋(らせん)に編んだ綱(つな)を渡し、その下に虹色の綱を編んだ橋げたを吊るし、踏み板を敷いただけの、一直線の空中の道。この深い谷を渡る、ただひとつの橋だ。人が一人通れるだけのほそく長い橋。渡り終えるのに何十分もかかる。あちらの巨木ヤキンからこちらの巨木ボアズへと、軽やかな足取りで少年は橋を渡り、吹いた。

〽トゥララ　トゥララ　銀の水　銀の滝　光子よ降れ　つららとなれ

トゥララ　トゥララ　銀の雪　銀の氷　僕は帰った　星の彼方から

ド、ミ、ソ、ドの四音階をアデニン、チミン、グアニン、シトシンの四塩基に置き換えて、DNAの旋律をホルンは奏(かな)でる。四つの音階は組み合わさって言葉となる。ホルンは伝える。高く低く、豊かな音量で、この谷に住む虹族の人々に少年の思いを響かせる。

眼下は深い霧の流れ。頭上にも霧がたなびき、絹糸(きぬいと)のような無数の筋がからまって、空の青に、白いレースの透かし模様を描く。

喇叭(らっぱ)の縁飾り(ギルランド)を空に、あるいは谷底へ向けて吹くと、白銀の霧が二重螺旋に舞い、音曲に合わせて風を生む。ほそく長い吊り橋はしかし、風にぴくりとも動くことなく、谷間にぴんと張り詰めて、かすかに虹色の輝きを放っていた。

後頭部に束ねた黒い髪をなびかせて、少年は橋のたもとに着いた。

橋脚の巨木につくられた木のバルコニーに立って、ホルンのマウスピースを唇(くちびる)から離し、耳を澄ませる。

少年の耳は返事を待っていた。仲間たちのホルンを。

涼しい視線で霧のたゆたう谷をながめ渡し、少年はふと足下を見た。

吊り橋が、ゆれていた。

不自然なリズムで、きしむ橋げた。

目を上げる。

――花？

一瞬、そう見えた。虹色の吊り橋の中ほどに咲いた、白い可憐な花。

少女だった。吊り橋をそっと渡ってくる。

純白のドレス。純白の光輪を思わせる帽子。

少女は忍び足で、慎重に歩を進めていた。一歩、また一歩。

しかし橋はゆれた。少女の一歩ごとに。小さな震えが、ゆらゆらと振幅を増し、ぐらぐらと危なげな波動に変わった。

共振しているのだ。少女の歩み、呼吸、鼓動、血流、そういった生体リズムが、吊り橋の固有振動に同調している。悪性の波動を呼んでしまったのだ。

魔女の悲鳴のような不協和音を、橋は奏でた。張り詰めた弦が、ささくれたやすりで引っかかれたかのように、悶える。

橋げたの板が波打ち、ゆるゆかなスロープがだんだら道となった。少女はふらつき、手摺りの綱をつかむ。白い帽子が飛び、千尋の谷へ、ひらひらと落ちていく。

――危ない！

少年は走り戻った。橋げたを蹴り、狂える橋の振動を少しでも打ち消す。手にしたホルンをくわえ、メガホンにして叫んだ。

「歌を歌って！　何でもいい、歌を歌えば、ゆれが鎮まるから！」
少女がこちらを向いた。うなずき、綱をしっかりとつかんで、早口で歌う。

〽金の橋　落ちた　銀の橋　落ちた
王の怒りに触れたから
虹の橋　落ちた　真珠の橋　落ちた
王女の首飾りが切れたから
石の橋　落ちた　鉄の橋　落ちた
列車砲が重すぎたから
国境の橋　落ちた　遠すぎた橋　落ちた
航宙艦が爆撃したから

少女の歌は谷に反響した。この峡谷を巨大な音響劇場にたとえれば、吊り橋は舞台のきざはしだったのだ。木霊した少女の歌声が吊り橋に戻り、橋げたの振動を三拍子に整えた。ゆれのリズムが規則性を取り戻したとき、少年はホルンを吹いた。音波の振幅が少女の歌とまったく同じで、波の位相だけが正反対にずれた曲を奏でる。歩調を合わせる。正反対の二つのリズムが溶け合い、少女と橋のシンクロを打ち消した。刹那、音が消えて、しんと静まり返る。ゆれはぴたりと収まった。橋は再び張り詰め、鋼(はがね)のようにしっかりと安定した。

「ありがとう」

駆けてきた少年に、少女は言った。悪びれず、平然と。足下の奈落(ならく)をながめても、怖がっている様子はない。少年はほっとした。

「ああ、よかった……。もう少しで橋が切れるところだったよ」

少女は曖昧(あいまい)にうなずいて、ほほ笑む。

「この橋は生きているんだ。一人で渡っちゃだめだ。橋が人に共鳴する。二人で、足音を打ち消し合って渡るか、楽器を使えばいいけどね」

喋(しゃべ)りながら少年はふと、息を呑(の)む。少女の、琥珀色(こはくいろ)の長い髪、碧玉(へきぎょく)の深い眼差し。少女の背丈は少年の胸よりも低く、十歳にも満たないようだ。数歳は年下だろう。でも、その表情は――大人の女だった。ぞっとするほど美しい。

橋を渡りきり、巨木ボアズのバルコニーに立って一息ついたとき、少女は少年の服に、さらりと視線を走らせた。銀と黒の鷹(たか)の羽根を編んだ狩猟(しゅりょう)用のジャケットとズボン、背中には竹(たけ)籠(かご)のバックパック、腰にはナイフと鳥笛。そしてホルン。

妖(あや)しく、少女の唇が動く。笑うように。

「銀と黒の鳥人間――あなた、まるで鳥刺(フォーゲルフェンガー)しみたいね」

「鳥刺し？」少年は面くらった。

「古代歌劇の道化役よ。パーンの笛でかわいい小鳥を誘惑して捕まえて、恐ろしい女王さまに売り飛ばすの。小鳥みたいな女の子も捕まえようとするわ。でもいつも失敗しちゃうの。おかしな男よ……。〽パ、パ、パ、パ、パ、パ、パパゲーノ」

小鳥のように愛らしいコロラチュラで、少女は歌った。とてもきれいな声だったので、少年は呆気に取られて、少女を見た。……どう見ても、この星の娘じゃない。綿菓子のような、繊細な純白のドレス。その背中には天使の羽を畳んだような、レースとリボンの花飾りがふわりと山になっていた。そして襟元に、青い鳥の羽根が一本。少年には思いも寄らなかったが、少女のドレスはこれ一着で戦闘機数機ぶんのお値段はするものだった。

「きみ、旅の人？　どうやってこんなところに。……まさか一人じゃないだろう？」

「ええ、一人よ」少女はこともなげに、「自家用のエア・アンド・サーフィス・ヴィークルをオートパイロットにして飛んできたんだけど、この島に近づいたら測位システムがだめになって、レーダーも通信もきかなくなったから、降りることにしたの」

「そりゃそうだよ。夏至の前は、この地方はいつもそうなんだ。電波は迷ってしまうし、光も音も変になる。そういう気象なんだ」

よその星からやってきた世間知らずのお嬢さまが、気紛れで遊覧飛行でもしたんだろう、と少年は思った。じつはこのお嬢さまは自家用ＡＳＶどころか、自家用の航宙軍艦や戦闘艦隊を持ち、自家用の惑星も幾つか所有していたが、そんなことは彼の想像力の埒外（らちがい）だった。少年はため息をついた。

「でも、おかしいな、途中で出会わなかったのかい。海洋警備隊の飛行艇とか……」

少女は黙って顔を横に振った。しかし口に出して、はっきり否定もしなかった。海洋警備の飛行艇どころか、この星の航宙軍の巡洋艦が何隻もスクランブル発進して、超低空へと侵入する彼女の軍用輸送機に警告してきたし、この島へ降下するまでに、彼女の進路を妨害しようと懸命に飛び回る何十機もの軍用機をかいくぐってきたのだ。しかしだれも、彼女を実力で阻（はば）むことはできず、彼女がまっすぐに進めば、だれもが道を空（あ）けるしかなかった。彼女はそういう少女だった。

「でも、ここがどこかはわかるわ。惑星カレリア。北の大洋。アキダリア海の東に浮かぶシドニアの島。島の真ん中の高山地帯」わざとわかりきったことを言ってから、少女は意味ありげに、霧の彼方にそびえるピラミッド形の白銀の峰（みね）を指差した。「あれは幻の山――伝説の魔笛（ツァオバーフレーテ）の峰。そしてここは狼谷（ヴォルフスシュラハト）でしょ。カレリアの人々が恐れる、悪霊と妖怪の棲（す）み家（か）」

「それだけ知っていて、なぜ、わざわざ――」

「あら」少女は好奇心そのものの視線を返して言った。「ちょっとしたピクニックよ。ただの観光（サイトスイーイング）。秘められたお祭りを見物して、そして帰るだけ。虹族の秘祭（ひさい）をね」

少年の表情にさっと不安の色が浮かび、そして消えたのを、少女は見逃さなかった。

うろたえつつ、少年は言った。

「ここは自然保護区域だよ。それに、先住民の僕たちしか入れない七里結界の中だ。とくにこの時期は、絶対にだめだ、きみは帰らなきゃ――」

「ふうん……そうなの」

少女はほほ笑んだ。大人びた妖しさを拭い去り、天使のような純粋さを装って。それは無敵のほほ笑みだった。いかなる法律も警告も、この笑みの前には兜を脱ぐだろう。

事実そうだった。少女はカレリア共和国政府のあらゆる法的規制を、あらゆる外交的圧力で押しのけて、ここへ来たのだった。

当然のように、少女は望みを告げた。

「わたくしは見たいの。あなたたちの祭りを。夏至の夕映えの夜に行われる、光響祭を」

――だめだよ！　と少年が激昂する寸前、少女の指先がやさしく彼の頬に触れ、訊ねた。

「あなたのお名前は？　パパゲーノさん」

ふっと少年の関心がずれた。階段でうっかり足を踏み外したみたいに。虹族にとって社会的に重要な問題から、自分が少女にどう見られているかという、個人的な問題へと。

少女の指先が暗示をかけるように動いた。そして少年は、暗示にかかった。少女の〝気〟が無防備な少年の心の隙に忍び入って、少年の思考のわずかな断片を初期化した。正体不明の少女への〝警戒心〟というものを。

「パパなんとかじゃないよ」少年はいくらかむっとして、女たらしのへまな道化と一緒にされたくないとばかりに、名乗った。「フロプト・ヘルギヴァーリ。これでも航宙船（ふな）乗りなんだぜ。先月までペリペティア宙域にいて、はるばる帰ってきたばかりさ。でっかい貨物船の舳先舵手（バウ・パイロット）なんだ。きみは知らないだろうけど」

「知っているわよ」少女は当然のように答えた。「何光年も先の宇宙を見通せる、心眼を持った船乗りね。カレリアの美しい水のように、濁（にご）りのない澄（す）みきった眼差しを持ち、一人舳先（へさき）に立って未知の宇宙へと船を導く先導者（パスファインダー）」そして憧（あこが）れを込めた視線で、暗示を完成した。「すばらしいわ。とても素敵」

フロプトはしばし、ぼうっとして、少女が差し伸べた手を取り、立ちつくしていた。なぜか身体は動かず、胸だけがどきどきした。

「わたくしのことは、ペリフィリーメとでも呼んでね」

少女はささやき、フロプトと握手した指を動かした。人差し指と中指を上に、薬指と小指を下に。獅子（しし）の握手――神秘の力を伝える古代秘法の握手だ。

ペリフィリーメは唱えた。

「万物を見通す目を開き、宇宙の偉大な建築者（ヒラム・アビフ）の神殿にわれを誘（いざな）われよ。神はわれらの企（くわだ）てにくみしたまえり（アヌイト・コエプティス）」

「ああ……」フロプトはうわの空でペリフィリーメの手を放した。彼女の全身から発する

〝気（オーラ）〟が輝いて、眼球から頭の奥まで貫かれそうな感じがした。目を伏せてつぶやく。「まぶしいよ。ペリフィリーメ」

「大丈夫よ。わたくしの輝きは、あなたには害がありません」

ペリフィリーメはにっこりと笑った。不思議な〝気〟の呪縛（じゅばく）が解けた。

「あ、ああ……そうだね」フロプトはぶるっと頭を振った。瞬間的に、たった今聞いたペリフィリーメの言葉を忘れたような感じがして、戸惑ったからだ。そのとおりだった。神秘の握手とそれに続いた呪文（じゅもん）は、もうフロプトの記憶になかった。深層意識の奥底に残っているけれど、思い出すことができない状態。電子脳ならば、メインメモリに記録されているのに、そのデータの所在を示すアドレスを消去された状態にさせられていた。

「ごめん、ペリフィリーメ。何だか、変な気分になって……」

「そんなことないわ」ペリフィリーメはにこやかに深呼吸して、フロプトの不安を拭い去った。巨木のバルコニーの手摺りから、山を、森を、谷をながめる。「何て美しいの。銀の雪山、銀の樹氷、銀の霧氷（むひょう）の流れ。何もかも、透き通った銀色ね。ここへ来てよかったわ」

「みんな光樹（リヒターバウム）だよ。魔笛の峰も、狼谷も、みんなこの樹でできているんだ。山も崖も、何もかも」

頭上の銀のこずえから、銀の光が漏（も）れてきた。ペリフィリーメは見上げた。

「木が……きらきら輝いてる。これ、何なの？　銀の滴（しずく）がぱらぱら降ってる。ほら」

ペリフィリーメは両手を広げて、銀の巨木の枝葉から落ちる光の滴(しずく)を受け止める。光の滴は水のようで水でなく、彼女の手を素通りし、バルコニーの木の床もすっと抜けて落ちていく。

「変ね。冷たくない。一面の銀世界なのに、そんなに寒くないわ」

「それは、光樹(リヒターバウム)の葉がためていた、昼の光だよ」

「えっ、万年雪じゃなかったの？　樹氷じゃなかったの？　霧氷(むひょう)じゃなかったの？」ペリフィリーメはきょとんとして、あたりを見回した。

フロプトは繰り返し言った。「光だからね。光の滴、光の雪、光の氷」

「嘘」とペリフィリーメ。「そんなの、信じられない。冗談でしょ」

今や術中(じゅっちゅう)に落ちた少年に詳しく説明させるため、少女は信じないふりをした。

でも、フロプトは何かに耳を奪われて、黙った。

谷の彼方をめぐって届いてくる、かすかなホルンの音。

〽トゥララ　お帰り　舳先舵手　星々の海から
トゥララ　お帰り　フロプト　みんな待っていた
トゥララ　お帰り　十三番目の射手　光子廟がもうすぐ開く
トゥララ　お帰り　星弓(スターボウ)の名手　今宵(こよい)も光蛇(コーダ)を射落とそう

「仲間のホルンだ」フロプトはしばらく聞き取って、言った。「ずいぶん音波がゆっくりしてる。ヒッグス場が濃くなってきたんだ」

「ずいぶん遠くから聞こえるのね」

「本当はわりと近くなんだ。銀の霧は、ヒッグス粒子のかたまりなんだよ。光も音も、あの中を通るときには、とてもゆっくりになる」

ホルンの音は、ゆらゆらと木霊して、最後にファンファーレを奏でた。

「〝軽騎兵〟序曲の導入部ね。何て言っているの？」

「早く来いって。呼んでる。行かなくちゃ……。迎えのホルンだ」

「一緒にね」

「一緒に？」

「そう、わたくし、あなたの客人なの。お祭りに、招かれてきたのよ」

「そうか……そうだったね。僕は、きみを一緒に連れてきた」

「そう。ペリペティア宙域からね」さりげなく、ペリフィリーメはフロプトの記憶を書き換えた。「ずっと一緒だったのよ」

「ああ……そうだったっけ」

「さあ、連れていって。光響祭の祭り場へ」

フロプトはペリフィリーメの手を引いた。巨木のバルコニーの下から、銀の木々の太い枝から枝へ渡した蔓に滑車を噛ませて、枝を編んだゴンドラがぶら下がっていた。釣瓶式のケーブルカーとロープウェイを合わせた仕組みの、手づくりの乗り物だ。

二人は乗り、フロプトは滑車の止め具を外して言った。

「森の中を飛ぶんだ。こうやって」

二人のゴンドラは、銀のこずえの間を風切って下る。

「わあ」ペリフィリーメは気持ちよく髪をなびかせてはしゃいだ。「銀のトンネル！　銀のローラーコースター！　原始的な乗り物って好きよ。荒っぽくて、危険で、死にそうなほどスリルのある」

「さっき、吊り橋で落ちかかっていたくせに」

「あんなゆれ、怖くないわ」

それは本心のようだった。そこでフロプトは忠告した。「あの吊り橋は結界の注連縄だよ。ヒッグス粒子の凝集場をずっと塞き止めてきたから、かなりくたびれている。ひょっとすると、本当に切れるところだった。年に一回、決まった日に切れて落ちて、そのたびに架け替えているんだ」

「その日……って、つまり……」

「今夜がそうなんだ」

ペリフィリーメは黙った。

＊

〽タン　タン　タタン　風は運ぶ　歌の調べを
タン　タン　タタン　光は運ぶ　詩の詞(ことば)を
詞は光を撚(よ)り合せ　光は糸に紡(つむ)がれる
光の糸を織(お)りましょう　星々の光を孕(はら)むために

歌いながら、織姫(おりひめ)の少女は、機(はた)を動かした。光樹(リヒターバウム)の木材でできた、銀色の織機。きらめく経糸(たていと)が平面にびっしりと並び、ターン——と流れる機音(はたおと)と同時に、三角柱のプリズムにそっくりな振綜(ふるえ)が上下して、経糸を撫でる。経糸は分光し、屈折し、二列にずれ、交差し、捩(よじ)れる。経糸の列のわずかな隙間を縫って、ナイフのように薄い水晶の杼(ひ)が、虹の緯糸(よこいと)を引いて、しゅっと飛ぶ。

糸は光だった。光樹(リヒターバウム)の植物細胞をほぐし、その細胞核と葉緑体とミトコンドリアのＤＮＡを撚り合せた繊維。古い光樹(リヒターバウム)の葉が幾万、幾億の年を超えて吸収した光が、この繊維の原子に捉(とら)えられている。ポラリトン状態という、光とも物質ともつかない状態になって。

ポラリトンの糸——それは質量を持つ、極細の光線。織姫の手と足が機を動かし、プリズムの振綜(ふるえ)と水晶の飛び杼(ひ)が、古代の〝羅(ら)〟という技で、光の布を織り上げていく。これは光の震えを蓄(た)めた布。はるかな昔、この宇宙とともに生まれたかすかなゆらぎ——零点(れいてん)振動に共振する織物、カシミール帆布(はんぷ)だ。

「アリゼ！」

機屋(はたや)の扉(とびら)の外から、キリアンという名の少年が呼びかけた。「光子廟(びょう)が開くよ。光の化石が溶け始めた。出ておいで」

しばらくして機(はた)の音がやんだ。織り上がったばかりのカシミール帆布の狩衣(かりぎぬ)は、アリゼが斜めに指をすべらせると、あらかじめ折り目がつけられていたかのように、すっとミウラ折りに畳まれた。それを抱き、扉を開ける。

銀の丸太を組んだ機屋の前に、アリゼは姿を現した。ほそい毛糸の青い衣(ころも)、金の帯、絹の靴(くつ)下(した)に革の靴。しっとりとした黒髪に銀のリボン。祭りの衣裳(いしょう)はアリゼを日光の姫のように輝かせていたが、その顔は月光の姫のように白く、痩(や)せていた。フロプトのためにカシミール帆布を織って、何日も何週もこの機屋にこもっていたからだ。

久しぶりの外光に目をほそめ、織姫アリゼはキリアンの手を借りて、短い階段を下りた。

キリアンは告げた。

「フロプトが客人を連れてきたよ。きれいな女の子だ」

キリアンは、フロプトと同じ、鷹の羽根のジャケットを着ていた。射手の衣裳だ。強がるかのように肩をそびやかしていたが、その声には不安と恐れがこもっている。

「光響祭の掟(おきて)を、フロプトは破った。他星者(よそ)の客人に、光蛇(コーダ)狩りを見物させるんだって。星(スター)

弓(ボウ)の腕前を、見せびらかすつもりだよ」

「そう……」

アリゼはおだやかに、そうつぶやいただけだ。少年は強く言った。

「どうして？　フロプトを叱(しか)らないのかい？　アリゼの〝想い人〟だろ。これが二人の、最後の光響祭かもしれないって……いつもそう言って、アリゼはずっとここで待っていたじゃないか」

「いいのよ」アリゼはお姉さんらしく、苛立(いらだ)つ少年の頭を撫でた。胸の奥に漂い始めた不安と恐れを抑えつつ。「何も心配することはないわ。フロプトはちゃんとみんなのことをわかっているし、お祭りに間に合うよう、星の彼方から帰ってきてくれたんだもの。みんなの掟は守ってくれるわ。どうか怒らないで、キリアンはエンヒェンのことを考えてあげなさい。あなたを想ってくれる織姫のことを」

キリアンは素直(すなお)にうなずき、身体の弱った織姫がつまずかないよう、水晶(すいしょう)の山道を導いた。銀のこずえから銀の滴が降り、あたりは虹色だった。光樹(リヒターバウム)の幹(みき)や根の合間を縫って、銀の崖を平坦に削った広場へと道はつながり、広場ごとにカシミール帆布のテントが、ピラミッド形に虹の燐光(りんこう)を放っている。

テントの数は十三あった。光響祭に参加する十三人の射手と、十三人の織姫が光を避けて今宵(こよい)を過ごす苫屋(とまや)だ。射手は少年であり、織姫は少女が務める。ここに大人はいない。虹族の大人たちは、はるか谷底の村で、前夜祭と後夜祭を盛大に執り行う。しかし光響祭の本祭には、大人は関わらない。それは不可能だからだ。

虹族の子供たちは、大人には見えないものが見える。ものすごく目がいいのだ。光の速さですら何日もかかる遠くにあるものを、一瞬でリアルタイムに認識できる、驚異的な視力。その目は、普通の光とはちがった、何か特別な媒体を使ってものを見るのだろう。何光時も離れた航宙船を肉眼で見分け、衛星軌道の上から地表の虫を見分け――そして、すぐ近くならば、物質の原子の隙間を擦り抜ける素粒子が見分けられるという。

そんな子供たちは、自分から希望して――あるいは家庭の事情で、航宙船乗りに就職して宇宙へ出ていくことがある。それが舳先舵手だ。航宙灯台が整備されていない辺境星域を飛ぶ船にとって、超光速粒子のパッシブ・レーダーよりも正確に宇宙の闇を見通せる眼力は、電子脳よりも頼りになることが多い。舳先舵手の子供たちは、客船や貨物船の舳先に立って、その濁りのない心の眼で、船を安全な航路へと導く。

しかし、この心眼は、子供たちが成長して大人になっていく過程で、衰え、なくなってしまう。濁りのない純粋な心でなくなるとき、濁りのない純粋な視力も失われるのだという。

そして光響祭の本祭には、子供の心にしか持ち得ない、この心眼が不可欠だった。

光響祭に参加する子供たち――二十六人の中で、アリゼはいちばん年上になる。銀河標準時(GST)で十六だ。そろそろ神様に与えられた心眼が力を失い、いつ普通の大人の視力になっても不思議はない。

フロプトも、そうだった。フロプトはこの一年、航宙船に乗っていたので、光に近い速さで飛ぶために生じた時差――たぶん二ヵ月か三ヵ月ほどは年を取っていないけれど、本祭に参加できるのは、これが最後になるだろう。

だからアリゼにとって、今宵は、とても特別な、二度とない大切な時間だった。

二人は、一年前の光響祭が終わったときに、〝想い人〟の約束を交わし合ったのだ。

最後の光響祭は、かならず一緒に、と。

なのに、彼は他星の女の子と一緒に帰ってきた。

疲れた身体を引きずって歩きながら、アリゼは、小さな戦いを覚悟した。

＊

光子廟は、二本の巨木、ヤキンとボアズに渡された虹の吊り橋を、見上げる場所にあった。

そこだけ光樹の樹林が途切れ、崖の中腹に水晶岩の裂け目が開いている。その洞窟の入口に、温室ほどの大きさのピラミッドが建っている。

これが光子廟だ。

光子廟の前には水晶岩が神棚のように張り出し、大きな岩舞台になっている。光響祭を祭祀する子供たちは、ホルンを持つ射手と、カシミール帆布を抱く織姫がペアになって、集まり始めていた。白と銀の景色の中、みずみずしい表情の射手と織姫だけが鮮やかな色彩を帯びている。

この岩舞台が、祭り場になる。

岩の透明度が高いので、足下が透ける。数十メートルもの岩棚の厚みを通して、谷に流れる霧の河をのぞむことができた。

「深い谷ね。でも、ちっとも暗くないわ」

プリズムの柵（さく）を立て、虹色の注連縄をめぐらせた岩棚の端で、白い鳩（はと）のような少女が、フロプトの手を握って、問う。

「光の霧だ。空気は光子だらけだよ。きみも光を呼吸しているんだ」

「光を吸っているの？　肺の中に」

「ぜんぜん害はないよ。質量はあるけれど、そのエネルギーを細胞の中のミトコンドリアにくれるだけ。だから、お腹（なか）もすかないしね」

かすかに、ペリフィリーメは唇を尖（とが）らせた。

「じゃ、この谷の光って、食べすぎたら太るかしら」

「大丈夫さ。余った光子は吐く息に混じって出ていくから。でも、夜が更（ふ）けて、もっと光が濃くなると、危なくなる。光蛇（コーダ）がそうなんだ。ものすごく濃い光のかたまり。光蛇（コーダ）には食われないように、気をつけないとね」

「食われたら……どうなるの？」

「心臓が――」フロプトが答えたとき、谷の霧がひととき、激しく渦巻いた。有り余った光子のエネルギーが短絡し、遠くで不気味なスパークを飛ばす。「吸い取られるんだ」

「怖い！」

ペリフィリーメはフロプトにしがみつき、彼の胸を引き寄せて頬を寄せた。抱かれる形になったのは、わざとだった。参道から岩棚へ上り、歩み寄ってくる青い織姫に気づいていたからだ。

「アリゼ……」

注連縄の手摺りがあるとはいえ、岩棚の端。ペリフィリーメを引き離すこともできず、フロプトはどぎまぎした。

「ようこそ、旅のお方」

アリゼは清々しい仕草でペリフィリーメに、そしてフロプトにお辞儀した。

「お帰りなさい、十三番目の射手。星々の海から、ご無事で何よりでした……。お約束のとおり、今ここに、新しいカシミールの羅を織り上げました。あなたを鎧ふために」

フロプトの耳は真っ赤になった。わけもなく頭の中が混乱した。

――なぜだ？　なぜおれは、〝想い人〟の約束を、たった今まで忘れていたんだ？

一年前にアリゼと約束したことが、どっと意識の中にあふれ、そして消えた。

――そうだ。おれはペリフィリーメと一緒に、ここへ帰ってきた、と。

ペリフィリーメがふわりと会釈（えしゃく）し、唱えたからだ。

「彼にはとてもお世話になりました。星々の彼方から強く手を結び、七重（ななえ）の太陽の世界から暗黒星雲の迷宮を通り、闇を照らし、他星者（フレムトリンゲ）のわたくしを神聖な祭祀の場へとお導きいただきました。この美しき谷へ、この美しき森へ」

「いかなる神の祠（ほこら）へ」とアリゼは訊（き）いた。

「叡知（えいち）の神殿、理性の神殿、本性の神殿へ」とペリフィリーメは答えた。

作法にのっとった、完璧な訪問儀礼だった。アリゼも青衣（あおぎぬ）の裾（すそ）を持って腰を落とした。歌うように、問いかける。種族の正式な歓迎の頌歌（しょうか）だ。

「先導者の彼は徳性を有していましたか、寡黙（かもく）でありましたか、善行をなしましたか」

ペリフィリーメはよどみなく唱えた。

「徳性を有していました。寡黙でありました。善行をなしました」そして加える。「宇宙の偉大な建築者（ヒラム・アビフ）の加護のもと、時代の新秩序（ノウス・オルド・セクロルム）にもとづいて」

アリゼは微笑し、歓迎の頌歌（しょうか）を締めくくった。

「苦難を越えて星の道をさすらい来たりしあなたは、この星の大地によって浄（きよ）められることでしょう」

ペリフィリーメは難なく、正式な招かれ人となった。

そうするしかなかった。そうするしかないことを、アリゼは悟ったからだ。

この清楚な少女の、白い鳩のようなドレス、襟元を飾る一本の碧い羽根。その羽根は、さる高価な希少種の鳥の羽根だった。雄の頭冠に一本だけ生える、貴重な羽根。抜き取った羽根の碧さは三日ともたない。そこまで詳しいことをアリゼは知らなかったが、この少女——ペリフィリーメのドレスのリボンひとつ取っても、ただ者ではないことが一目瞭然だった。女性にはわかる。

引き替え、フロプトは虹族でも一、二を争う視力の持ち主だったが、こと女の子を見る目にかけては節穴同然だったことを、後日改めて後悔することになる。

ペリフィリーメは文句なしの礼をつくして、秘祭の門を叩いた。もし、彼女がずけずけと寝室に踏み込む突撃ルポライターとか、金を払うから何でも見せろと要求する傲慢な観光客だったら、アリゼたちにもそれなりの対応策はあった。秘祭の時期にシドニアの島へ侵入しようとする不敬の輩は、カレリア政府から警告を受けているはずなのだ。〝命を失いますよ〟と。

極めて良心的な排除方法として、縛り上げてパラシュートを着け、吊り橋の上から落としてもよかった。うまく風に乗れば、谷を出て海上へ流されてくれる。そして、そうでもしなければ、アリゼたち——子供の射手や織姫が生命の危険にさらされてしまう。

しかし、ペリフィリーメは訪問の儀礼を熟知していた。

前例のないことだったが、トップクラスの射手であるフロプトの案内による訪問であることを、ペリフィリーメは告げたのだ。その言葉と態度には、ありきたりな国の大使夫人くらいでは知ることのできない尊厳の符丁(ふちょう)が含まれていた。他星者(フレムトリンゲ)を複数形で表現するというルールも知っていた。

このような人物を前に、血相を変え、青筋を立てて「去れ！」と騒ぎ立てることは、かえって愚かだった。心おだやかに迎えるべき祭りを、自らぶち壊しにするだけでなく、もっと悲惨な災厄を呼ぶかもしれなかった。

ペリフィリーメを追い返すことはできない。彼女に対しては、祭りからたとえ排除するにしても、無礼な方法はとれず、しかも安全を確保してあげなくてはならない。谷に光の霧は満ち、激流となっている。光はもちろん、電波も音も乱れ始め、谷底の村の大人たちに知らせて、相談する方法はない。自分たちだけで、ペリフィリーメに対処しなくてはならない。

厄介な難題を抱えてしまったが、アリゼは丁重(ていちょう)に自己紹介し、ペリフィリーメを参道の石段へ案内して言った。

「もうすぐ、射手が星弓(スターボウ)を手にします。ここでご覧になって下さい。そして、お約束を。これから一夜、あなたの目に映ったこと、あなたの耳に入ったこと、あなたが触れたことを、すべて、あなただけの中にとどめおかれますよう」

「お約束します。わが命つきた後も、永遠に」ペリフィリーメは誓い、アリゼが差し出した手を受けた。獅子の握手が交わされ、アリゼも念を押した。「永遠に」

そして、ペリフィリーメだけに聞こえる声で、個人的な言葉を添えた。

「すみれ色の絹の花輪を、私はあのひとに預けました」

ペリフィリーメはちょっと小首を傾げて、考えてから答えた。

「花輪は再び編まれることになるでしょう。すみれでなく、アカシアの小枝になったとしても」

ぴくり、とアリゼの微笑がこわばった。〝すみれ色の花輪〟は婚姻の契りを意味し、〝アカシアの小枝〟は死者の胸に置く惜別の象徴だった。『私はフロプトと深い関係にはないけれど、あなたが彼と結ばれる前に、彼が死ぬかもしれませんね』とペリフィリーメは暗喩したのだった。

アリゼは胸騒ぎの嵐を必死で抑え、にこやかな顔に戻った。

白い少女も笑みを返した。

強敵だった。

＊

光子廟の水晶ピラミッドは、細かく振動していた。

普段は、それは白い石だったが、今は半透明になり、輪郭がぼやけている。ゼリーが形を保ったまま、沸騰しているように見えた。

結晶化して眠りについていた光子がとろけ、氷になり、雪になり、水になろうとしているのだ。そして、液体と気体の中間にあたる超臨界流体へと。

光子廟の前の岩棚には、フロプトやキリアンを始め、射手の少年たちが十三人、ホルンを構えて、一列に並んでいた。

そして織姫たちは、光子廟の左右にそびえる十三の巨木の根元にしつらえた楽器に着席していた。

チェレスタという、鍵盤(けんばん)つきの体鳴楽器だ。形はアップライト・ピアノに似ている。でも、ピアノのように弦を弾くのではない。チェレスタのボディの中には鉄琴(グロッケンシュピール)が入っていて、その金属音板をコルクのハンマーで打ち、共鳴させる。

織姫たちのチェレスタは、鉄琴の代わりに、水晶の音板を打つ。アリゼがリードして、鍵盤に指を走らせた。ボディの中に無数に並んだ音叉(おんさ)形の水晶振動子を光樹(リヒターバウム)のハンマーが叩き、天使(セレステ)のような、甘美(かんび)な音を奏でる。曲目は〝ダンス・オブ・ザ・シュガープラム・フェアリイ〟。ガラスのオルゴールを思わせるその音色(ねいろ)は、最初はささやき声のように控(ひか)え目だったが、しばらくすると、チェレスタのボディにつながった光樹(リヒターバウム)の根に振動が伝わり、さらに幹に共鳴して、銀の枝、銀の葉から光の滴を散らし、天上(セレステ)の音楽となって銀の谷間に流れていく。

十三のチェレスタが、一斉に奏でた。一糸乱れぬ波長で、幾万の小鳥がさえずるかのように、透き通った音の羅(ら)が織り上げられ、谷に満ちる光を包み込む。ここにいる〝想い人〟のために、天才的な織姫たちの繊細な指は、見えない音の波形(パルス)を糸に紡ぐ。音波の経糸(たていと)と緯糸(よこいと)を綾なし、経線と緯線の想像(イメージ)を空間に象(かた)どって、天体を、宇宙を奏でる。
織姫たちは唱えた。

　宇宙は神々の織物
　閉じたる三次元の糸玉をほどき
　量子の糸車が回るとき
　斥力が時を紡ぎ始める
　重力子(グラビトン)を経糸(たていと)に
　光子(フオトン)を緯糸(よこいと)に
　　杼(シヤトル)よ飛べ
　億年の重力の糸に
　億年の光よ交われ

　チェレスタの内部の水晶(クオーツ)音叉は、32768ヘルツで永久振動している。振動により発電し、その電力で振動を続ける。振動が正確に時間を刻み、時の刻みがメロディを整えて、光子廟の光結晶を共振させる。
　光子廟のピラミッドの形はそのままに、しかし内部の光子はたぎるように動く。Qの字を描くように。やがてX、Y、Z字の動きが加わり、激しく光は屈折し回折した。

不思議な情景だった。化学反応のようで、そうでない。音と光の振動が、人にもさわれる具体的な形を持とうとしているのだ。その様子を見て、ペリフィリーメのつぶやきが漏れた。

「本当に、透明なガラスの中で、金平糖(コンペートー)の妖精がダンスを踊っているみたい……」

ペリフィリーメは連想した。銀河美術館の特別収蔵庫に収められている、古代文明の遺物を。メトロノーム――ピラミッド形の、リズムを刻む機械を。そしてリズムを刻む、光子廟。ゆらめく光のピラミッド。

織姫たちの声に、射手たちの声が唱和した。

宇宙は神々の織物
開かれし三次元の経緯を縫(ぬ)って
刺繍(ししゅう)の針が貫くとき
われら亜空間を走りゆく
インフレーションせざりし始祖(しそ)の単光子
時間も空間もいまだなき世界を
船(シップス)よ飛べ
億年の重力の糸に

億年の光よ交われ

十三人の射手がホルンを構え、一斉に吹き鳴らした。

そして――

生き物の細胞が分裂するときに、核の中の染色体が集まってひも状の形をつくるように、光子廟の中に、透明度の異なる、銀色の弓形が十三本、忽然と姿を現した。

ホルンとチェレスタの音曲に合わせて、動いている。ヴァイオリンの弓にそっくり――と、ペリフィリーメは思った。もしそこにヴァイオリンの弦があったら、こすれ合って同じメロディを奏でるだろう。

音源の振動が、音源をつくり出した。

十三のホルンが鳴る。鍛冶の鎚音のように。

弓は曲がり、光線の弦が生えて、完成した。

音楽が、太古の光の化石から鋳造した、神秘の弓。純鉄のように、白銀に輝く。

「星弓……」

ペリフィリーメの吐息が漏れる。

十三のホルンが鳴る。十三人の射手は、ホルンを口から離した。

それでも鳴り続けている。音は消えない。

ペリフィリーメはじっと、見つめた。

ホルンの音と光子廟の振動が、シンクロしている。

フロプトが一歩進んだ。十三人の射手は歩調を合わせて、銀のホルンを差し出す。

鳴りやまないホルンは、耳に豊かな木霊（こだま）を残しつつ……。

光子廟の、とろけた光のピラミッドに差し入れられた。

射手たちの手がホルンを残し、代わりに星弓をつかんで、引き出す。

引き出したとき、星弓は質量を得た。質量ゼロの光子でできた星弓が、銀のホルンと同じ重さで、射手たちの腕に把握（はあく）された。

きらめく瞳（ひとみ）で、魂（たましい）を込めるかのようにそれを見つめ、射手たちは星弓を天にかざす。

織姫たちがチェレスタを離れた。その手にカシミール帆布を捧げている。今日まで、長い時間をかけて、〝想い人〟のために心を込めて織り上げた狩衣（かりぎぬ）だ。

織姫たちは、弓を掲げる射手たちの前に進み、カシミールの狩衣を着せた。

光樹（リヒターバウム）のDNAを糸にして織った、光の衣。光樹（リヒターバウム）のDNAの分子の中、原子の中、素粒子の中に秘められた超紐（スーパーストリングス）がリズミカルに躍っているのを、心眼を持つ子供たちは見ることができた。これは、人の手で織りなされた宇宙の断片だ。

アリゼは幸せそうに、フロプトのたくましい腕に狩衣の袖（そで）を通し、襟を合わせ、前紐（まえひも）を結んだ。未来を約束し合った、契りの結び。宝物にリボンをかけるように、いとおしく結び玉をつくると、アリゼはちらりとペリフィリーメを見た。

ペリフィリーメは余裕たっぷりに、アリゼを祝福する眼差しを返す。

フロプトが唱えた。最強の射手の誇りをもって、堂々と。

インフレーション前の太古(たいこ)の光の化石より
われら太古の弓を授けられたり
質量なき時代の弓は万有引力を持たず
されど偉大なる万神の斥力(せきりょく)を有す
そは宇宙を開きし力なり
万物に質量を与えしヒッグス場にも
まさる原初の力なり！

そして全員が、最後のフレーズを唱和した。

――これは……まさか？

祈りの言葉の意味に思い当たって、ペリフィリーメは胸に手をやり、髪がざわつくほど緊張した。

文字通りの太古――百億と数十億年の昔。この世に宇宙が誕生して間もないころ、それは芥(け)

子粒(しつぶ)よりもずっとずっと小さかった。素粒子よりも小さな真空の粒。それがある瞬間、まさに一瞬よりもずっとずっと短い時間に急激に大膨張して、現在の宇宙の種になる宇宙ができた。

それが、インフレーション。

そのとき、宇宙のサイズは十の三十乗倍にまで膨(ふく)れ上がったという。

何が、そうさせたのか。

原初の真空のエネルギー、偉大な〝斥力〟だ。インフレーション前の宇宙に凝縮していた神々のパワーが、私たちの宇宙を〝無〟の胎内(たいない)から〝出産〟させる原動力になった――という。

――ならば……。

ペリフィリーメは直感した。

――ここに、この場所に、射手の祈りの言葉どおりに〝太古の宇宙の光の化石〟があるというのなら……。

それはインフレーションをしなかった、インフレーション前の物質ということになる。いわば、〝前インフレーション物質〟。宇宙のインフレーションに出遅れてしまい、そのまま現在の宇宙に残されてしまった、時空の化石のようなもの……。

インフレーションが始まる前、宇宙には質量がなかった。

〝前インフレーション物質〟は質量がなく、エネルギーだけを持って、極小の宇宙を光速で飛び回っていた。それは、現在の宇宙を飛び回る光子の祖先――始祖光子(しそこうし)だ。

現在の宇宙を統(す)べる力は、大まかに四種類ある。

重力子が媒介する重力、光子が媒介する電磁力、陽子と中性子を堅く結んでいる〝強い力〟と素粒子を放射線崩壊させる〝弱い力〟だ。

しかし、インフレーション前の太古の世界では、この四つの力が分かれておらず、ひとつであったという。その、オールマイティなひとつの力を媒介する粒子こそ、現在の光子のおおもとの祖先であり、それを始祖光子と呼ぶ。

始祖光子は質量がないから、重さも大きさもはかることのできない、精気(ソーマ)のようなものであるはずだ。しかしそれを、光子廟は、星弓という形に象(かたど)り、人間の手につかめる物質にしたことになる。

質量のないものを、質量があるかのような形にする。

その一形態を、ポラリトン状態という。

質量のある物質を構成する原子と、質量のない光子が結びつき、光とも物質ともいえなくなる状態のことだ。

それが、この谷を覆う銀の樹林――光樹(リヒターバウム)であり、光子廟の正体なのだろうか。この谷全体が一種のポラリトン状態で、太古の始祖光(しそこう)を、まるで化石のように保存しているというのか。

ポラリトンの谷、ポラリトンの森、ポラリトンの氷――

そんなこと、あり得ない、と思う。しかしその一方で、信じたい気にもなる。

インフレーションは、あまりに唐突で、あまりに巨大な出来事だった。

果たしてあのとき、宇宙のすべてが、一斉に、一様に、均一にインフレーションしたのだろうか。

どこかに、ゆらぎがあり、ムラがあったとしたら……。

生物の進化から取り残された絶海の孤島というものがあるように、宇宙の進化から取り残された、〝前インフレーション物質〟がどこかに残っていてもおかしくはない。

この谷に。

それが今、星弓に象られ、射手の手にある。

それが事実だとしたら、星弓に秘められた力は、宇宙を創造した神々の力。

インフレーション前の、原初の真空エネルギーだ。

ペリフィリーメは恍惚としてほくそ笑んだ。

ここへ来たのは、正しかった。

＊

夜が更けていく。

銀の霧はますます濃くなってきた。

しかし、明るさはまったく衰えていない。陽(ひ)が暮れていないからだ。

今は白夜(びゃくや)の季節だった。この地方では太陽が完全に沈むことはなく、地平の少し上をめぐっていく。一日中続く、夕映えの夜。大気はほんのりピンクを帯びているはずだが、銀の霧そのものが放つ光のために、ほとんど色は感じられない。

「どんどん明るくなっていくわ。不思議な夜」

そう言って、ペリフィリーメは自分の息を見る。「息が白い、光っているわ、銀色に。ちっとも寒くないのに」

「光子が大気に飽和してきたんだ」とフロプト。ペリフィリーメと並んで水晶の参道を降りながら、説明する。「空はもう全部、銀の霧だ。谷底ももう全部、銀の霧だ。谷の両側は銀の森。谷の上手は銀の峰、そして谷の下手は、虹の吊り橋が塞き止めている。光子を閉じ込めているのさ。鏡の魔法瓶(びん)みたいに、この谷に。だから光はいっぱいだ。どんなものにも纏(まと)わりついて、光らせる」

「宇宙でいちばんたくさんあるもの——それは光子。一立方センチに四百個。水素原子の百億倍。一立方センチに三百個のニュートリノよりも、多いのよ。〜光子は照らす、宇宙の果てを」ペリフィリーメは古謡の数え歌をささやいて、言った。「それなのに、この谷にはもっともっと光子があるっていうの？」

「そうだよ」フロプトは得意げに、「もっともっと、明るくなる。もう二、三時間もしたら、もっとおもしろくなるよ。息が光るだけじゃなくて、言葉も光るようになるんだ」

「言葉が光るって、どういうこと？　教えて」ペリフィリーメはフロプトに腕をからめ、なれなれしく訊ねる。「ね、教えて」

「そうだね……」フロプトは少しためらう。他星者に喋ってはならない分野に、踏み込もうとしている。背中のすぐ後を歩く、アリゼの視線を感じる。アリゼは黙っている。サービス過剰のツアーガイドよろしく、客人にべらべらと喋るフロプトの声をさえぎるでもなく、寡黙に歩いている。でも、肩に寄せるペリフィリーメの琥珀色の髪、彼に言葉を求める、無邪気な碧玉の瞳。フロプトは答える。

「銀の霧と一緒にヒッグス粒子も濃くなっていくからさ。ヒッグス粒子は見えないけれど空間にいっぱいあって、あらゆるものに質量をくれている。重さだ。止まっているものにはそれなりの重さ、動いているものにはより多くの重さ、早く動けばそれだけ多くの重さをくれる。この谷はダムのように、ヒッグス粒子もため込んでいるんだ」

「ヒッグス粒子のことは知ってるわ。質量の妖精ね。だから、どうなの？　どうして、言葉が光るの？」ペリフィリーメはせかす。

「だから、この谷にいっぱいたまった光子は、この谷に蜜のようにたまったヒッグス粒子の場に引っかかって、質量を持っていく。光子だって、粒子のひとつだからね。重たくなった光子は、遅くなる。どんどん遅くなっていって、音と同じ速さになってしまう」

「うん、すると？」

「光と音が一緒になるんだ。光は粒子だけど、波の性質も持っている。音と同じ速さになった光は、音波と同じ性質を持つことになるんだよ。そして僕たちの言葉は――」

「音波ね」

「うん、だからね。言葉は音、光は音に共振する、言葉は光になる。そのとき、この谷では、言葉は光子を波打たせて、光る形に象られる(イコライズ)」

「そのとき、言葉は、見えるのね。光輝く何かになって……」ペリフィリーメはうっとりと、「愛の言葉は愛のかたちに、美しい言葉は美しいかたちになって。言葉は、木霊(こだま)して、言霊(ことだま)になる……」

「そうなんだ。すばらしいだろ?」

「ええ、とても素敵」

フロプトもうっとりと、白い少女の輝く唇を見る。この美しい少女の美しい唇は、どんなに美しい言霊をきらめかせることだろう。

「でも」と少女の唇が、小さな白い息を曇らせる。「怪物が、出てくるんでしょ? 光蛇(コーダ)とかいう」

「ああ、光蛇(コーダ)は始祖光でできているけど、あれは荒っぽいノイズのかたまりさ。まあ、耳障り(みみざわ)な雑音って程度かな」とフロプトは強がりを言った。「あれは雑音(ノイズ)が光になっただけだ。白い蛇(へび)。ホワイトノイズ。そいつを射落とすために星弓(スターボウ)があるんだ。これで、光蛇(コーダ)を仕留める。僕は一匹も射損じたことはない。今年もそうさ」

フロプトは立ち止まり、星弓をペリフィリーメの前で構えてみせた。弓も弦も、瑠璃色（るりいろ）の光（こう）芒（ぼう）が走って、炎を宿しているように見えた。

「今宵は最高の狩りができるさ。燃えてるだろ、太陽みたいに」

「わ、ほんとね」

「太古の光だ。無限のエネルギー」

「ふふ」少女はふいに、フロプトをはぐらかして揶揄（やゆ）するかのように、思い出し笑いをした。

「でもわたくし、これと同じ弓を、よその星で見たことがあるわ……。そう、遊園地でよ。リバティ・ランドのアトラクションで。ほら、伝説のアーネシルド姫が世界の果ての山に隠したというスターボウを、女剣士のミニアムが奪いに行くっていうお話……。あのコミック・オペレッタに出てくるスターボウと設定がそっくりだわ。まるで真似（まね）したみたい」

リバティ・ランドは、丸ごとテーマパークになった移動型の宇宙コロニーで、各星域の惑星を巡業して回っている。子供から老人まで楽しめる、大衆娯楽の遊園地。残念ながら、上品で高級な文化の殿堂というわけではない。

「バカにするなよ！」フロプトはむきになって言い返した。自分自身も航宙の途中でリバティ・ランドへ遊びに行ったことがあるだけに、あんなどたばた活劇（コミック・オペレッタ）と、正真正銘本物の星弓を一緒にされてはかなわない。「偽物（にせもの）はあっちの方さ。きっと何十年も前に僕たちの先祖の祭りを見て、盗作したんだよ、あの遊園地は」

版権論争はさておき、ペリフィリーメは悪戯(いたずら)っぽく、挑発した。

「でも、あっちのスターボウもかっこよかったわよ。重力線の弦(つる)に、電撃の矢」

「ふうん、それじゃ……ご照覧あれ、姫君」

フロプトはにやっと笑って、星弓の弦に指をかけた。少女の甘言(かんげん)に乗せられているという意識は微塵(みじん)もなく、ぐいと引く。

ぶん、と空間がしなった。

弦が動いた、その空間がたわみ、ヒッグス粒子の強烈な疎密が生じた。万物に質量を与える魔法の粒子。しかし実在する粒子だ。引いた弦の力は、なぜか弦の後ろでなく前の空間を圧し潰し、底知れない闇の場が、瞬間的に現れた。魚眼レンズで見る景色のように歪むと、周囲の光樹(リヒターバウム)の大木がくにゃりと曲がり、爆発的に葉が散って、洪水のように銀の滴が集まる。

光の矢が、そこにあった。太陽よりもまばゆく、雷電よりも荒々しいエネルギーの束が、ばりばりと空気を沸き立たせながら、弓と弦の間につがえられていた。

そして弦の後方には、無数の虹色の光の粒が、オーロラでつくった凹面鏡のように凝集し、ゆらいでいた。星虹(スターボウ)——航宙船が光に近い速さで宇宙を駆けるとき、時空の歪みによって進路の前方に現れる、虹の輪。地上で、しかも両手でつかめるほどの大きさにできるはずのない現象。しかしこれは、どう見ても超小型の星虹(スターボウ)だった。

——ヒッグスピアサー！

ペリフィリーメの脳裏（のうり）に、ある装置の名称が閃（ひらめ）いた。

亜空間を跳躍することで、光速をはるかに超えるスピードを実現し、光の壁を貫いて飛ぶ航宙船。宇宙を重力場の織物にたとえれば、航宙船は、空間の表から裏へ、そして表へと瞬時に糸を運ぶ刺繍針だ。その針の先端——すなわち航宙船の船首に内蔵された進路啓開システムがヒッグスピアサーだ。

ヒッグスピアサー——それは航宙船の心臓部でもある質量変換炉（メタ・リアクター）に直結し、航宙船の船首からすぐ前方に向けて、螺旋状の斥力場を発生させる装置だ。

その斥力場の役割は、航宙船の船首直前の空間を満たしているヒッグス粒子を撥（は）ねのけてしまうことにある。

宇宙には、ヒッグス粒子という、物体に質量を与える粒子が充満している。ヒッグス粒子に接触した物体は、質量——つまり重さが与えられる。航宙船が速く飛び、光の速度に近づくにつれて、航宙船を構成する物質にぶつかるヒッグス粒子の数も増える。すると船体の重さが増していく。船体が重くなると、船を飛ばすのにさらに多くのエネルギーが必要になり——そのうち、いくらエネルギーを注（つ）ぎ込んでもスピードは上がらなくなってしまう。

水上を走る船と同じだ。速度を上げれば上げるほど、水や波の抵抗が大きくなり、より多くの推進エネルギーが必要となる。航宙船の場合は、速度を上げれば上げるほどヒッグス粒子にからみつかれる。かき分ける水が油になり、油が蜜（みつ）になり、蜜が接着剤になってしまうようなものだ。

　この問題を解決するシステムが、ヒッグスピアサーだ。

　あらかじめ、航宙船の前方のヒッグス粒子を撥ね飛ばしておけば、速度を上げても船体にぶつかるヒッグス粒子は少なくなり、船体の質量は増えずにすむ。それどころか、軽くすることもできる。船体に当たるヒッグス粒子をゼロに近づければ、理論上、船体の質量もゼロに近づいていく。そうすれば、同じ推進エネルギーでも、速く飛ばせる。通常空間の宇宙でも、短時間で光速の七割とか八割のスピードへの加速が可能になるのだ。

　ヒッグスピアサー、それは複雑で大型のシステムだ。しかし今ここに、ヒッグスピアサーと同じものが存在している。

　少年が片手で持つ星弓――その弦が引き絞られたとき、後方のヒッグス場が瞬間的に撥ねのけられた。巨大な航宙船のシステムと同じ現象を、いとも簡単に起こしているのだ。

　少年の両腕の長さほどの、ちっぽけな弓が。

　ペリフィリーメはただ目を丸くして、食い入るように星弓を見つめていた。星弓の虹色の曲線に沿って、知性が分析し、洞察力が走査する。その力の本質を見極めようと。

　つがえられた光の矢が消え、捩(よじ)れていた空間が、もとに戻った。

　フロプトの腕を、アリゼの手が、しっかりとつかんでいた。

　弦を引いた腕を、アリゼの手が、もとに戻したのだった。

「いけないわ」とだけ、アリゼは言った。その声がうるみ、目に涙をためていた。

フロプトはむっとした顔で、アリゼを見ていた。

ペリフィリーメは、われに返った。乾いた唇をなめ、ため息をついて、美しい少女は取っておきの声で願った。

「……すごいわ。フロプト、とても素敵。わたくしに、それを貸して下さらない？」

美しい少女がかけた暗示に従って、フロプトは星弓をペリフィリーメへ渡そうとした。叙勲される騎士が高貴な姫に自らの剣を捧げるように、星弓がゆっくりと、ペリフィリーメに近づく。

その手を、アリゼの手が引き戻した。

涙ぐんだまま、ペリフィリーメを正面から見据え、重々しく首を振る。

——あら、とペリフィリーメは心の中で小さく舌打ちした。アリゼが止めなければこっちのもの、アリゼが激怒してもこっちのもの、という算段だった。アリゼがペリフィリーメに怒って、わめくか殴るか、ヒステリックな行動に出てくれれば……。そうなるとフロプトはアリゼを止めざるをえなくなり、結果的にアリゼの敵、すなわち自分の味方に——いや、正確には下僕になってくれるだろう。

しかし、アリゼは平静を保った。

——できた女ね、まったく。と思いながら、ペリフィリーメは恭しく頭を下げた。

「そう……わかりましたわ。どうか失礼をお許し下さいますよう。思いがけぬ奇跡に出会って、思いがけぬ言葉が湧き出でました。思いがけぬ好奇心ゆえ」

「いいえ、私こそ。これは祭りの掟ですから。私たちは守らなくてはならないだけです……。光響祭の掟を――それだけ」

アリゼの声は、心なしか震えていた。射手が手にした星弓を、〝想い人〟でもない女性に手渡そうとするなんて――こんなこと、一度もなかった。去年も、一昨年も。星弓は、狩りのときに射手の命を守る神器でもあるので、〝想い人〟の女の子ですらも、軽はずみにさわってみようとはしなかった。それなのにフロプトは、この娘には、やすやすと……。

広場ごとに散在するピラミッド形の苫屋では、まばゆい外光を避けて、ほんのりとした透過光の影の中で、射手と織姫が休んでいた。数時間後の〝狩り〟に備えて。明るい語らい、琴のつまびき、そして静かなまどろみ。〝想い人〟の二人のために、ひとつの苫屋。やや年長の少年と少女は、そこで初めての愛を交わすかもしれない。互いに干渉することなく、神聖で平和な時間が過ぎていく。

しかしアリゼは、おだやかな時間をあきらめた。自分とフロプトの苫屋に、ペリフィリーメを招き入れる。家具のない、こじんまりとした空間。敷物の上に座り、軽い食事を終えると、香炉に火を入れ、アリゼはふかふかの寝具を広げて、ペリフィリーメに休憩するよう勧めた。

「〝狩り〟にはまだ時間があります。ここでお身体を休めてください。フロプトにはお願いしたい神事がありますので、一緒にしばらく失礼しますけど、どうかお気がねなく」

「ええ、お言葉に甘えます。お心遣い、ありがとう」

ペリフィリーメは素直に礼を言い、寝具に肘をついてリラックスした。フロプトがアリゼとどんな神事を行なうのか、好奇心が首をもたげたが、ここはアリゼの好意に従っておくことにした。——仕方ないわね。二人の愛の苫屋を占領しちゃったんだし、二人の神事は、あとでフロプトに報告させればいいわ——と。

アリゼはフロプトを誘って外に出た。銀光に満ちた樹林に入る。

フロプトには初めての、道なき小径だ。取りあえず、ついていく。

アリゼは遠回りした。水晶の山道を降り、登り、巨木を迂回し、ときに立ち止まる。

星弓を持ったフロプトは、アリゼに手を引かれて、しぶしぶと歩いた。

取りとめもなく、アリゼは語りかける。

——フロプトがいない一年、淋しかった。手紙、読んでくれていた？　どの星が美しかった？　どんな人々に会った？　どんなことがあった？　船の人たちとは仲よくしていた？

……惑星ペリペティアの軌道で見かけた、カシミール帆の航宙機帆船の女の子からは、その後、便りでもあった？　ほら、軌道に集まっていた商船たちが危険な目にあったときに、みんなの船の先頭に立って指揮したという、勇敢な舳先舵手の女の子のこと。

フロプトはおざなりに答える。ああ、うん、べつに、何も——と。

〝想い人〟同士であるはずの二人の、貴重な時間は、気まずく過ぎていく。本来なら、未来を約束し合った二人の、だれにも邪魔されない至福の時間であるはずのひとときが。文明の利器から離れて、通信もタイマーも、何かを命じる人も規則もない、ただ〝想い人〟がいてくれるだけの、宝石のような時間が、一刻一刻と、虚しく過ぎる。

——おかしい、とアリゼは感じた。

フロプトからの手紙は、数は少なかったけれど、饒舌だった。かわいいと思った女の子には、結構恥ずかしいことをあけすけに言って、声をかける。まあ、浮気者の部類に入る。けれどバカ正直というか、アリゼへの手紙には、声をかけた女の子のことが逐一、細大漏らさずに書いてあった。アリゼが頭にくる内容も多々あったが、つまり、自分がどんなことをしてもアリゼだけはフロプトを見捨てないという自信というか、そうあってほしいという願望が見え隠れしていた。男の子のつまらないプライドである。

でも、アリゼは正面からフロプトに怒ることはなかった。彼は浮気者だけど、嘘が下手くそな性格なので、引き返せない一線を越えてしまう心配はなかった。キスひとつする前から浮気を告白してくるのだから、事前にクギを刺すのも簡単だ。もちろんアリゼはフロプトが何をしても許せるというわけではなかったが、〝想い人〟の約束を果たして、いずれ結ばれたのち、長期ローンでアリゼに浮気のつけを払うのは、フロプトの方になるだろう。フロプトの仔細な罪の告白の手紙は、アリゼの手中にあるのだから。

だから、変だった。

フロプトはペリフィリーメと、いつ、どこで出会ったのか。

ペリフィリーメのことは、手紙にひとつも書いていなかった。

とすると、ペリペティア宙域から一緒だったというのは、怪しい。アリゼにずっと秘密にしておくほど深い仲だったら、アリゼの前に連れてきたりはしないはずだ。

――どこか、変。彼は何か、自分の気持ちとはちがう原因で、操られているのでは？

漠然とした不安が、明確な疑問に変わった。

光樹（リヒターバウム）の森は光の迷路となって、アリゼの心の迷路を映すかのように屈折し回折していたが、出口は近くのようだった。

「おれをどこまで連れ回すの？　用事は早くすませたいんだ」

フロプトのぞんざいな口調は、ペリフィリーメのいる苫屋に戻りたがっていることを示していた。もうすぐよ、とアリゼは言った。

「フロプトに見てほしいものがあるの。そしてお願いが」

光樹（リヒターバウム）の、根の列柱の隙間をくぐると、苫屋があった。

二人の苫屋だった。森の裏道を一周して、戻ってきたのだった。

妙な形で望みの叶ったフロプトがきょろきょろするのを尻目に、アリゼは出入口の幕を開けた。

寝具の上に、丸まって眠る白鳩。

ペリフィリーメは熟睡していた。すうすうと、深い寝息。

香炉は消えていた。残り香をかいで、フロプトは顔色を変えた。

「眠らせたんだな！」

アリゼはうつむいて、しばし感情を鎮め、そして言った。

「ええ、この娘は眠りました。〃狩り〃が終わって朝が来るまで、目覚めないの」

アリゼは、罪を告白する容疑者の口調になっていた。やりたくないことを、やむなくしたのだった。

もともと苫屋の香炉には、フィルトルの液薬を載せていた。〃想い人〃の二人のために醸し出す愛の香りを。しかし香炉を点けるとき、アリゼはこっそりと液薬の皿を取り替えたのだ。春紫苑の灰色の葉に。深い眠りと爽快な目覚めに導く香りだ。葉の量はきちんと計っていた。ハルシオンの香りを吸ったペリフィリーメは眠りに落ち、明日の朝まで熟睡して、健康な状態で目覚めることになる。光響祭のクライマックスである〃狩り〃の場面を見ることなく。

アリゼはフロプトの腕をつかみ、すがって、言い聞かせた。フロプトが怒って、ペリフィリーメを起こそうとする前に。

これ以上、秘められた祭りをペリフィリーメに公開することはできない。これからの時間は、とても危険だから。この娘の生命を守るために、こうしなくてはいけない、と。

「だからお願い」アリゼは胸にせまる切なさを隠しようもなく、低い声で頼んだ。「一緒に、ペリフィリーメを運びましょう——光子廟の裏の洞窟へ。あそこは〝狩り〟のときでも安全な場所。ぐっすり眠っていても、傷つくことなく一夜を過ごせるわ」

掟を守るのよ、私たち——とアリゼは口に出して、罪混じりの悲嘆に打たれた。

——私、掟を口実にして、この娘をフロプトから遠ざけようとしているのかもしれない。私の本心は、祭りの掟のことよりも、フロプトを取り戻すことなのかもしれない。……これは、正しいことなんだろうか。私は経糸に滑らせる緯糸を、間違えてはいないだろうか。これは虹族の古い掟にある、徳性と寡黙と善行に沿った行いなのでしょうか？

運命の女神よ、巨木ヤキンとボアズを結ぶ、運命の吊り橋よ……。

アリゼは心の中で吊り橋の名を呼び、祈った。——委ねます、運命の女神に、と。

「そうしよう」フロプトはアリゼとペリフィリーメを交互に見て、とても不思議な顔をしていた。何とも不思議だった。ペリフィリーメが眠ってしまったとたん、それまで熱に浮かされていたような夢遊感が遠ざかっていく。白い少女の魔力は、まるで潮が引くように消えていき、フロプトは〝想い人〟の約束を思い出した。

——おれは、いったい何をしていたんだろう。ペリフィリーメに言われると、そのとおりにしてしまった。この姫のために、弓を引こうと。けれど本当は、ここではアリゼのことを想ってあげなくてはいけない。アリゼのことを。……そうだ、おれはアリゼのために星弓を引く射手として、この谷へ帰ってきたんだ。

「ごめん、どうかしていた。アリゼの言うとおりだ。さあ、ペリフィリーメを運ぼう」

＊

二人はペリフィリーメを洞窟に運んで、水晶の岩に寝かせ、寝具をかけた。

しなやかに横たわる、眠り姫。卵色の光のカーテンが、姫のベッドを保護する。

アリゼはフロプトに言った。

「あなたは苫屋で、できるだけ身体を休めてください。疲れた身体で〝狩り〟をして、間違いがあってはいけないから」

「アリゼは？」

「その間に、わたしは急いで機(はた)を織ります。あの娘をくるむカシミール帆布をつくってあげなくては。カシミールの衣で鎧(よろ)わないと、〝狩り〟の時間は危険だから」

そのことはフロプトもわかった。〝狩り〟の最中はヒッグス粒子の場が擾乱(じょうらん)し、光も音も乱れに乱れる。視覚と聴覚が大混乱する。カシミールの衣は、そんな環境の中で人間の五感を守る鎧だった。

機屋の前で別れ際(ぎわ)に、アリゼは最後の決意を込めて、断言した。フロプトに、心の迷いを起こさせないために。

「ペリフィリーメを無理矢理に起こしてはだめよ。あの娘(こ)は星弓にさわりたがっている。だから、だめよ。それは絶対にだめ！」

アリゼは少年の手を握り、そして肩を撫でてやって、やさしく言った。

「あなたと語りたいこと、いっぱいある。けれど今は時間がないから、ひとつだけ。どうか、今宵、弓を引くときは……私のことを想って。私のことだけを。約束よ」

アリゼの涙がこぼれた。フロプトはしっかりとうなずいた。

*

まどろんだ。それほど長い時間が過ぎてはいなかった。

苫屋の中。磨りガラスに囲まれたような、ぼんやりとした、明るい影の空間。

唇に触れる、さやかな唇の感触。

フロプトは目を開けた。

少女人形の、碧い目、琥珀色の髪、さえきった愛くるしさ。

白いドレス、襟元の碧い羽根。

ぎょっとして、飛び起きようとする。が——

身体を起こせない。白い少女の小さな肘が自分の胸に載っているだけで、手足の指先まで痺れ、それがあまりに心地よくて、微動もしない。

「わたくしね」ペリフィリーメは耳元にささやいた。ささやき声が白い光の粒となって、フロプトの首筋をくすぐった。

「ちょっと素敵なことができるの。たとえば、完璧に眠ったふりとか。身体が眠っていても、脳は覚醒しているとか。脳を半分ずつ眠らせるとか。善いことと悪いことを一緒にするとか……。大脳皮質の支配力を全脳へおよぼして、体内のホルモンを自分の思いどおりにできるから、代謝を制御できるのよ。内分泌攪乱性化学物質に対する、完全なる耐性体――ってところかしら」

――だまされた。ペリフィリーメは完璧に、寝たふりをしていたのだ。洞窟へ運んでいる途中の、アリゼとの会話も全部、聞いていた。そしてタイミングを見計らって、苫屋へ戻ってきたんだ――フロプトはそんなことを思ったが、とてつもなくゆっくりと息をするのがやっとで、少女の手を払うことすらできない。

「だからいろいろ、素敵なことができるの。こんなことも……」

あどけない美少女の顔かたちが、少しずつ、変容した。マントルピースの上に飾られる人形のような、ふっくらした頬がやや引き締まり、目鼻立ちがくっきりとしてくる。子供から大人へ、少女から女へ。大人になる寸前の、その途中で変貌を止め、にっこりと笑う。無敵の微笑。

「野趣のある少年って、好きよ。獣のような、シンプルな感情。象牙の肌に、燃える炎がいこってる。愛を信じる情熱ね。愛という言葉、人は死ぬまでに何度、口にするのでしょう。愛は負の言霊。口にすればするほど形を失い、文字にすればするほど陳腐になり、愛でなくなってゆく奇矯な言葉。愛をまだ口にしたことのない少年って、好きよ。愛が人の運命を導くと、まだ信じることができるのだもの」

ついさっきまでふわふわしていた白いドレスに、今はぴったりと清純な肢体を際立たせ、白鳩からたおやかな白鳥へ進化した少女は、ふくよかな胸を少年に重ねた。

「吊り橋でわたくしと出会ったとき、あなたは思った。この不思議な美しい少女と出会ったのは、運命的ないいことの前触れかもしれない——って。運命の女神がほほ笑んだのが、見えたでしょう」

激しい動悸の合間に、ようやく、フロプトは声を絞り出す。

「きみは……きみは、いったい、どこの、だれなんだ？」

少女は答えた。幸福の碧い小鳥がさえずるように。

「どこにもない国の王女さま。一人ぼっちの、寂しい王女さまなの。仲間はいないの、一人だけ。帰り道はわからない。帰りたくても、わたくしはあてもなく歩くだけ。わたくしが呼ぶまで、迎えはこないわ。そしてわたくしは、迎えを呼ばないの」

だからわたくしを愛しなさい——と、声なき声で美少女は命じる。

「これから少しの間、あなたはわたくしのことを忘れるの。でも、そのときがきたら、わたくしへの愛を思い出す。星弓に光の矢をつがえる、そのときにね。そのとき、わたくしは、いるのよ。あなたのそばに」

そしてペリフィリーメは唱えた。聖典の言葉から、反転呪文を。

「愛は誇らず遜り、愛は驕らず無感動で、愛は非礼をなさず臆病で、愛は利他的に隷従し、他者の悪に無関心で、寛容だから無責任で、慈悲深いから奉仕の義務を果たす――愛多き人々って好きよ。喜んで支配されてくれるから」

ね、わたくしって、正しいでしょ――と無邪気な瞳が語る。

「徳性を持ちなさい、寡黙でありなさい、善行をなしなさい。正しい少年でありなさい。正しいひとが、わたくしは好きです。清らかな家畜が、よい肉になるように」

フロプトの目が閉じた。抵抗できない言葉だった。言葉が、輝く。

「わたくしは銀の花、冷たくて純潔。わたくしは銀の釘、冷たくて、痛い」

優美な仕草で、ペリフィリーメはフロプトの胸板に触れた。その指が、聖なる罪人のしるしを描く。I・N・R・Iと。

「わたくしはあなたを磔る」

＊

十三のチェレスタが天上の音楽を奏で、十三の星弓が構えられた。

チェレスタの水晶振動子から、光樹の幹に共振し、ガラスの鐘を振るような天使の楽音が、谷に木霊する。

音波の広がりに沿って、大気中に光が湧いた。織姫の指が鍵盤をすべり、純粋な一音ごとに、頭上の銀の霧、眼下の銀の霧にはさまれた空間に、銀の粒子がきらめき、輝かしい光芒が生まれる。

それは花火のようで、花火でない。音波の反響（エコー）が、そのまま光子の反響（エコー）になって、目に見えるという現象だ。空間が波打つと、それは白銀の津波となって、谷の間を寄せては返す。華麗な光の舞踏。

十三人の射手は、銀の巨木ヤキンとボアズの間に架かる吊り橋に整列し、谷の奥へ——魔笛（まてき）の峰をさして腕を一線に突き出し、星弓のねらいを定める。

谷は光子がたゆたい、濃厚なヒッグス場と混ざって、ねっとりと蠕動（ぜんどう）する。まるで、銀粉を溶かした蜜だ。

光子はヒッグス粒子の蜜にとろけ込み、光でありながら、その光子の速度を音速と同じにまで、落とす。光は粒子であると同時に、波の性質を持っている。音と同じ速さになった光は、音波と同じ性質を示すようになる。

〝狩り〟のときが訪れた。

この星、惑星カレリアは、二つの太陽に照らされている。大きい太陽は恒星で、カレリアはその周りをめぐっている。小さい太陽は惑星で、カレリアの外側の軌道を公転している。この谷——狼谷は今、白夜（びゃくや）の季節だ。夏至（げし）の今夜。聖零時（セイント・ゼロ）。大きい太陽は魔笛の峰の頂上にかかり、小さい太陽は谷の出口の中央にかかる。

谷に架かった虹色の吊り橋——〝運命の女神〟に向かって、谷の奥と谷の出口から二つの太陽の光が訪れ、出会うとき――

光蛇(コーダ)が降臨(こうりん)する。

それが虹族の秘祭――光響祭の核心部だ。

もう、間もなく。

チェレスタの演奏の合間に、織姫たちは一人ずつ立ち上がり、祝詞(のりと)を唱えた。

光蛇(コーダ)を呼ぶ言霊(ことだま)だ。

　古(いにしえ)の光の国より
原初の力　訪れよ
この宇宙開闢(かいびゃく)ののち
インフレーション成りし前
世界を統(す)べる四つの力を
ひとつに束ねし　始祖の光子よ
光樹(リヒターバウム)の峰　光樹(リヒターバウム)の谷より
銀の霧　纏(まと)いてよみがえれ
汝らは音の光によって進みゆく
死の暗夜を突き抜け

歓喜の産声を上げて
星弓を目ざし
光の矢の前へ

射手たちも唱えた。

太古の光の化石より
授かりし斥力の弓もて
雄々しく汝らを迎えん
光の国よりわれらのために
来たりし力の使者よ
未来永劫　滅びることなき
恒常の始祖光の大蛇よ
世界の終曲を奏でつつ
無限旋律の螺旋を巻き
この谷にとどまり
相転移せよ

われらの矢に貫かれ
この谷にて吹雪となれ

十三の織姫と十三の射手の言霊は、谷に木霊し、光となった。あるときは稲妻、あるときは炎、あるときは光の玉となって、空間を走り、回転した。

フロプトは吊り橋から、十三人の射手の真ん中に立って、谷に逆巻く光の洪水を見つめていた。

あたりは太陽よりもまばゆく、その光の輪から大天使が羽搏きそうに思えた。古代の画家が教会のドームに、黙示録の終末の日に選ばれた人々と天使が出会う光景を描くとしたら、その背景はまさにこれだろう。

音の光が無限の反響を重ねて、はるかな峰に達したとき——

魔笛の峰が咆哮した。音速の光、音と一体化した光子が山上に噴出した。

光の粉を吐く雲が、なだれとなって押し寄せてくる。

二つの太陽の光が、銀の霧の彼方から訪れ、出会ったのだ。

これは危険な雲だった。光蛇の巣。

織姫が全員すっくと立ち、カシミール帆布の羽衣をたなびかせて、一斉に宣言した。

ときは来たれり
矢をつがえ
黙せよ！

これが、光響祭の掟だった。命を守るために、絶対に必要な、門外不出の掟。

二十六人、全員が口を結び、沈黙した。

今、〝狩り〟は始まった。今から〝狩り〟が終わるまで、一言も喋ってはならない。意味のある言葉を発してはならない。ここでは言葉は言霊だ。口から出たときに光となり、形あるものになる。

ただそれだけのことなら、生命に害はないだろう。

しかし、やってくる光の蛇が、生きものだったとしたらどうか。

言葉の意味を理解できる——というのは正確でなくとも、言葉に込められた感情や、その言葉が人間という生物から発せられたものであることを、感じ取れる生物だったとしたら、どうだろうか。

音の性質を身に着けた、光の生物。

それは、言葉に対して、反響する。何らかの反応をする。

言葉に込められた感情や意味合いを感じ取って、襲いかかってくるか——それとも、言葉に反応して変身するか……。

それが、光響祭の、最大の危険だった。

しかしその危険をおかしてでも、〝狩り〞は、遂（と）げねばならない大切な神事だった。

射手の少年たちは、その沈黙に生命を預け、弓を引き絞った。

ぶん！　と空間がしなった。

燃える光の矢が現れ、矢の後方のヒッグス場が排斥され、星虹（スターボウ）を輝かせた。

矢の前方には逆にヒッグス場が凝集し、命中したものに巨大な質量を発生させる、必殺の矢尻（アロウヘッド）が結晶した。

太古のエネルギーを秘めた、斥力の矢。

怒濤（どとう）のように押し寄せる光の雲を、睨む。

織姫たちが〝花のワルツ〞を奏でる。典雅（てんが）な音曲が谷の両側へ光のウェーブをつくり、怒濤（どとう）の雲を引き寄せる。谷からあふれ出さないように。

光の雲はせまる。射手が待ち受ける吊り橋へと。谷の樹林――太古の光をポラリトン状態で蓄えている光樹（リヒターバウム）から、太古（たいこ）の光を吸い上げながら。

さながら地吹雪のごとく、まばゆい怒濤はチェレスタの〝花のワルツ〞がつくった光の防波堤に激突し、引き、散乱し、そして――

中央の光の波と左右の光の波が同時に重なり、ビッグウェーブとなった。

その波頭に、白いうねり。

鎌首(かまくび)をもたげる。

大蛇だ。複合音の白い蛇。それはランダムに変化する、あらゆる周波数成分を含んだホワイトノイズだ。それはまた、衰えることのない無限の波となる。終わりそうで終わることのない、世界の終曲。

光蛇(コーダ)。

それは、現在によみがえった太古の光。

宇宙がインフレーションする前の時代、万物に質量なく、エネルギーのみをもって飛び回っていた時代の、光の生きものだ。

それはこの谷で、濃密なヒッグス場の檻(おり)にとらえられ、質量を与えられ、音の速さにスローダウンして、姿を現したのだ。

突進する光蛇(コーダ)。

矢が放たれた。一線に並び、光条が飛ぶ。

この瞬間のために磨(みが)いてきた技が、試される。

射手の全員が、虹族の子供ならではの、超人的な心眼を発揮した。

光ならぬ光で、宇宙を見通す視力。

それが光蛇(コーダ)の波形を捉え、実際に光蛇(コーダ)がいる場所を読む。

音も光も乱れ、屈折し回折するこの空間では、普通の視力で見える光蛇（コーダ）と、その実体は、時間的にずれているからだ。映像受信の際に、反射波の影響で画面に発生するゴーストのように。

ずれを見透かし、光の矢は、正確に光蛇（コーダ）の頭部を射抜いた。

蛇の首が、空中で停止した。爆発的に質量が増大したからだ。胴がのたうち、がくんと頭が下がる。

撃墜（げきつい）。

銀の霧の海へ墜ちながら、白蛇は結晶した。

光蛇（コーダ）の正体は始祖光――太古の光子だ。それが急激に巨大な質量を与えられた。本来なら質量ゼロの光子が、瞬時にして信じられないほど重い物体に変貌（へんぼう）してしまったのだ。

それは、凍った。

水が氷になるように、光子が、氷になる。相転移という現象が、光に対して起こったのだ。凍結した光は、飛散し、無数の雪つぶてとなって、霧の谷底へ消えていく。

光蛇（コーダ）は一匹ではなかった。もともとはひとつの波だが、魔笛の峰に反響するたびに光樹（リヒターバウム）から太古の光子を吸い上げ、分身をつくる。

射手は互いに手話で呼吸を合わせ、二射、三射と放った。

二匹目、三匹目の光蛇（コーダ）が射抜かれ、下界へ四散する。

織姫たちはチェレスタの鍵盤を操り、その音で、光蛇（コーダ）を引き寄せ、あるいは突き放し、ゆさぶって、星弓の射界へと誘導する。

アリゼの演奏が、やさしく木霊する。

〝想い人〟のために。

射手も射る。カシミール帆布の狩衣に、光蛇（コーダ）が砕けた氷片を、雪の花のように散らして、矢をつがえる。

フロプトの矢が、風を切る。

〝想い人〟のために。

いっときも、邪念を抱いてはならなかった。澄んだ視線で、曇りのない眼（まなこ）で戦わねばならない。無言で、集中して。

織姫と射手は、心を合わせる。

それぞれの〝想い人〟のために。

なぜならば、光蛇（コーダ）を谷から逃がしてはならないからだ。

もしも、光蛇（コーダ）が、この谷の結界を破って外界へ脱出したら――

光蛇（コーダ）は光の速さを取り戻す。

秒速三十万キロで、この星を駆けめぐる。

この星が人類文明のない、原始の環境だったなら、たいして害はない。ちょっとまぶしい光が閃（ひらめ）くだけだろう。

しかし、この星には文明がある。電子のネットワークを張りめぐらした都市が、工業プラントが、金融機関が、交通機関が、盛んに活動している。そのネットワークの果ては、間接的とはいえ、宇宙の彼方の星間国家にまで、つながっているのだ。

そのような環境に、光の怪物を放ってはならない。光蛇(コーダ)は電子機器の光入力端子からネットワークに侵入し、触れるシステムをすべて破壊するだろう。

電子文明は、崩壊する。

だから、光蛇(コーダ)は危険な怪物だった。

吊り橋目がけて突進し、虹の壁を突き破ろうとする光蛇(コーダ)。

その手前で光蛇(コーダ)を射止め、氷へ、雪へと相転移させる射手たち。

やがて太陽の位置が動き、谷に注がれる光の量が変わったとき、光蛇(コーダ)の嵐は収まり、一年の役目を終えた吊り橋がゆっくりと落ちて、祭りは終わることになる。

それまでは、戦いのとき。

織姫たちの〝花のワルツ〟に乗って、息詰まる攻防が、しばし続いた。

そのとき——

アリゼは見た。

羽搏く白い鳩を。

虹の吊り橋の中央で、星弓を引き、矢を放つフロプトのもとへ、飛び昇る少女。

純白のドレス、その背中のリボンをほどき、隠していた翼を広げている。生体部品でできた翼だ。紙吹雪のように舞い散る光の雪片の中、カシミール帆布のケープを輝かせ、軽やかに、フロプトの背後へ。

——ペリフィリーメ！

アリゼは目を疑った。眠っていたはずだ。光子廟の崖の洞窟で、平和（サロメ）に眠りこけているあの少女に、カシミール帆布のブランケットをかけてあげたのは、つい一時間ほど前のことだ。念のために、ハルシオンの香炉も脇へ置き、香り葉を足しておいたというのに！

肩越しにしなやかな白い手が差し伸べられたとき、フロプトも驚いた。

反射的に振り向く。

無邪気（シリー）な美少女。

暗示にかけられていたとおりに、フロプトの意識に記憶が炸裂した。

あの甘い吐息（といき）。他人（ひと）の人格を支配する心地よさを発散する、美しい欲望に象られた吐息。

あの言葉が閃く。

〝わたくしはあなたを磔る（はりつける）〟

全身がこわばり、快楽が貫いた。美しいものに支配されることの喜び。

ペリフィリーメの指がフロプトの腕を愛撫（あいぶ）しつつ伸びた。

このとき、フロプトの視界に影が降りた。

心眼が失われたのだ。

瞬時に、フロプトに見える世界が変わった。

それまでありありと見えていた遠くのものがぼやけた。視界の一角にくっきりと見えていたアリゼの姿が、にじんで消えた。時の流れに先んじて、感覚的につかめていた光子の流れ、音の波打ちが、割れたシンバルや穴空きのティンパニのように錯乱（さくらん）した。何をねらい、いつ矢を放つのか、わからなくなった。手元が迷った。さまよう指に、ペリフィリーメの指がからむ。

フロプトは震えた。ペリフィリーメの微笑。矢が弦を離れる。星弓に触れるペリフィリーメ。心眼でねらえなくなって、見当違いの方角へと流れる矢。他の十二人の射手のタイミングも狂った。次々と、矢が外れる。突進する光蛇（コーダ）。その進路を曲げるため、必死で鍵盤を叩くアリゼ。乱れるワルツ。光蛇（コーダ）がねじれる。ペリフィリーメの、勝ち誇ったうなずき。硬直するフロプト。星弓を放す。それはペリフィリーメの手へ。アリゼは弾かれたように立つ、叫びをこらえて。

呆然と、膝をつくフロプト。――なぜ、どうして、こうなるのかわからない。たった今、この瞬間まで、ペリフィリーメのことは完全に忘れていた。そしてこの瞬間、ペリフィリーメのことを、完全に思い出した。大人になりかけのペリフィリーメ。妖姫（ようき）の口づけを。

今のペリフィリーメは再び幼なげな少女に戻っていたが、その魔力はそのままだった。体内のホルモンの分泌、分解、合成。普通の少女には不可能なパワーが、腕と肩に集中する。奪い取った星弓を、構える。フロプトの星弓を。絶望と敗北に、胸が破裂しそうな激情が、アリゼを襲う。ワルツ、停止。狂乱した光蛇は、鎌首をしゅっと捩り、再突進。射手は不意をつかれる。射撃が間に合わない!

その刹那。

光蛇の鎌首が静止した。引きちぎれ、粉々に散る。

ペリフィリーメが射ったのだ。あざやかな命中。

光に燃え立つ星弓。白いドレスの少女は、白い翼を広げたまま、光の矢をつがえた。

光蛇が神の一部ならば、この矢に試されてみよ、と——

新たに襲いくる光蛇。ペリフィリーメの琥珀色の髪が、なびく。

ペリフィリーメは心眼を持たない。しかし、状況から原理を帰納し、原理を演繹して応用する能力が、視力を補った。そして何よりも、恐怖を知らなかった。類なき洞察力が、光蛇の動きを推察し、次の一匹を吊り橋ぎりぎりにまで引きつける。態勢が整わず、あわてる射手たち。キリアンが口を開け、悲鳴を上げようとする寸前、息もつかせぬ動作で、ペリフィリーメの矢が、その一匹を粉砕した。

ペリフィリーメは満足した。見切ったようだった。光蛇の正体を。

どう? と言いたげに、ペリフィリーメはフロプトを、そしてアリゼを見下して——

言葉を発した。

透明な残酷、底なしの無慈悲を秘めて。

「来たれ、破滅の火」

光に満ちた谷が、暗転した。

＊

光響祭のとき、人の言葉は、光る形に象(かたど)られて、見えるものになる。

愛の言葉は愛の形に、美しい言葉は美しい形に。

そして、死の言葉は死の形に、醜(みにく)い言葉は醜い形に。

ペリフィリーメの言葉は、吊り橋の中央から、谷に向かって発せられた。

それは木霊し、谷のすみずみに響いた。

目に見える光となって。

ただし、その光は、負の光だった。

闇。

光蛇(コーダ)はただちに反応した。それは闇を取り込み、闇の蛇に変身した。

太古の光でできた怪物は、太古の闇の怪物となった。

そして、襲いかかった。

言葉を発した人間へと。

ペリフィリーメの射撃が間に合うはずもなかった。視界のすべてがポジからネガに反転し、
そして闇に変じた怪物は、彼女の視力では認識できなかった。

闇の光蛇（コーダ）は同時に、闇の音波でもあった。

負の音。

それはペリフィリーメから、光とともに音を奪った。

あらゆる音波の波形を含む怪物は、あらゆる音波の逆の位相を持つ波形をつくり、ペリフィリーメに焦点を合わせ、飛びかかった。

音が音を中和し、波形が零に凍結する。

音が消えた。ただの静寂（せいじゃく）ではない。完全な無音。

ペリフィリーメに聞こえる音が消えた。風、音楽、橋のきしみ、枝のそよぎ、人の息遣い——すべてが消滅した。

無音室の中で闇に閉ざされた状態に置かれると、たいてい人間の感覚はおかしくなる。

普段は意識していなくても、大小さまざまな音によって、人は自分が生きている場所を確認している。それに、たとえ聴覚に障害があったとしても、耳の内部の骨伝導（こつでんどう）などによって、何らかの振動を体感している。生きている限り、ずっと。

というのは、人の体の内部に、音があるからだ。外界からの音の入力が完全にシャットアウトされたとしても、自分自身の心臓の鼓動（こどう）、血流、内臓の活動、骨や筋肉の動きなどから発生する〝音〟を聞いている。おそらく、神経のパルスも。

それは、自分自身が、生きている証（あかし）。自分とこの世をつないでいるライフラインだ。

それらの体内音も、闇の光蛇は消去してしまった。

闇に閉ざされたペリフィリーメの聴覚から、生の証が消えた。

光蛇が心臓を吸い取るという、その意味がわかった。

死の影を、ペリフィリーメは知った。自分の身体の、どんな感覚が、どのように失われたのか、まるで見当がつかなかった。鼓動の消えた心臓は動いているのかわからず、呼吸音の消えた息は、続いているのか、止まっているのか、わからなくなった。死体の中で、魂だけがさまよっている状態が、ペリフィリーメに訪れていた。

闇に閉ざされた谷に居合わせた、織姫や射手たちにも、少し遅れて同じ現象が起こっていた。アリゼもフロプトも、そのとき、ペリフィリーメの長い吐息の木霊だけを聞いた。体内音が消された瞬間に、ペリフィリーメが発声した、最後の音。

その音は、死ぬ人が最後の息を引き取る瞬間の、臨終の吐息だった。

生きているだれもが、いつかこの世と別れるときに聞く、最後の音。

寒々とした死の河のほとりを、草笛のかぼそい音が渡るような、生の終曲。

死神を迎えるときの、恐怖の諦観。

だれもが、悲鳴を漏らした。悲鳴を聞き取った者も、聞き取れなかった者もいたが、その差は時間にして一秒もなかった。

そして、ペリフィリーメに続いて、闇と死の世界にくわえ込まれた。

ほどなく、神経が狂い始めた。

生の証拠を失った脳が、自分の身体を生かしていいのかどうか迷い始めた。

神経に信号を流しても、そのフィードバックが消えているのだ。

ペリフィリーメを含めて、二十七人の生きている人間が、闇の中で身体を動かすこともできず、心臓の鼓動がとどこおり、血流がとどこおり、筋肉の伸縮がとどこおった。ひとつ、またひとつ、神経の信号が迷走して、袋小路に突き当たり、機能を停止していく。

生きながらの、死後硬直。

生きている自分を認識できなくなった二十七人は、その場でゆっくりと、だが着実に、死に始めていた。

アリゼは、死の闇の独房（どくぼう）で、ただ幻（まぼろし）を見ていた。この世で最後に見えたものの残像。

フロプトだった。吊り橋の真ん中で、星弓を奪われてうずくまり、手摺りの綱を握って、アリゼの方を見下ろしていた。自分を失って、魂を抜かれたみたいに。ゆらゆらと。

——かわいそう……。

そう思った。なぜか、とても、かわいそうだった。

——どうして、かわいそうなんだろう。私と、〝想い人〟の約束をしたのが、いけなかったのかな。いつか私と一緒になりたいと決めたばかりに、こんなことになってしまって……彼も、あのまま、死んでしまったのだろうか……なんだか、目頭（めがしら）が熱いみたい。私、泣いているのかな……わからない。感覚がない。私、〝無〟に還っていくんだ、きっと。

フロプトの幻が動いた。時が逆転し、少年と最初に〝想い人〟の約束をした瞬間に、幻が戻っていた。いちばん幸せだった瞬間に。――べつに、たいした名場面でもない。祭りの織姫になりたくて、チェレスタの練習をして、あの吊り橋のたもとにいて、そのとき彼が、偶然、橋を渡ってきた。それだけだわ。それだけのことだけど、なぜか、そのときから私と彼の間に、何かがつながったの。二人の生きる波長が合わさって、ちょうどいい大きさの波になったのよ。その波は、あのときに始まって、今につながって、ずっとこれからにつながっていく、長い木霊みたいなもの。うねりながら、ずっと未来へ……でも、切れてしまった。今を最後に、ぷつんと。

――ちがう。そんなことない！

アリゼの想いが叫んだ。切りたくない。つなげたい。一分でも一秒でもいい、つなげたい！

たとえ行く先が地獄でも、私はつなげたい！

どん！　と闇を割って音が響いた。

――えっ？　アリゼはどきっとした。闇の奥の〝無〟から、音が聞こえた。

――だれの音？　アリゼは自問した。今、鳴った、確かに鳴ったわよね。心臓が。

アリゼは耳を澄ませた。

また、鳴った。しばらくはゆっくりと、そしてやや低くなり、とくとくと脈打つ音が、生命の証が流れ始めた。

——死んでいない、私、まだ生きてる⁉

鼓動は確かだった。呼吸の音が、血流の音が、渚に寄せるさざ波のように、始まる。

——でも、これ、私の心臓？

自分の音なのか、遠くの海の波音が木霊しているのか、わからない……。

どこか奇妙で、半信半疑のまま、アリゼは目を凝らした。

視界が開けてきた。

不思議だった。

——闇の光蛇に食われて、私たちは光を感じる力をなくしてしまい、世界が見えなくなったはず……。だけど、見えてくる。私の代わりに、だれかが見てくれているみたい。

それは、最後の瞬間と、同じ光景。

吊り橋の上で、手摺りにつかまったまま、生気を失ってうなだれるフロプト。その隣で、立ったまま虚な表情で——捨てられた人形のようなペリフィリーメ。その足下に、フロプトの星弓。その左右には、やはり硬直したままの少年たち。

まるで、時間が止まったかのような世界。

——見える！

だれもが視力を失っているのに、なぜかアリゼには見えた。空間認識が戻るとともに、手足の感覚が復活した。動かそうと思えば、動かせるはずだ。

——生き返ったのは、私だけ。

光蛇（コーダ）は？

見えた。そいつの鎌首の部分だけ、光が逆転して、ネガになっている。

そいつは、周期的に動いていた。吊り橋から発散している虹色の結界を突き破って外界へ逃げたいらしい。谷の空間を行きつ戻りつしながら、結界に体当たりをかけている。

吊り橋はまだ無事だ。この結界の性質からみて、内からの衝撃には、かなり強い。

——あいつを、やっつければ……。

星弓にさわったこともないのに、大それた考えを抱いて、アリゼは吊り橋を注視した。

フロプトがいる吊り橋。あそこに行ければ、星弓がある。

闇の光蛇（コーダ）を射落とせる、唯一の武器。

——でも、どうやって……。

ここは、谷の中腹の岩棚。

吊り橋との高低差は十メートルくらいだが、水平距離は数百メートルは離れている。

——山道を登って橋のたもとへ行く？　だめ、そんな時間はない。

みんな、死にかけている。残された時間は、一分、二分？

アリゼは意を決した。吊り橋まで一番早く行ける乗り物は、それしかない。

心眼で谷を見る。間合いをはかる。

光と音の動きが、認識できる。実際よりもずっとゆっくりと、時間を引き伸ばして見ることができる。

チェレスタの鍵盤に、指を置いた。一、二、三――と、ワルツの拍子を取る。

――今！

弾いた。〝花のワルツ〟。精緻(せいち)な水晶の音が、谷に木霊した。光が生まれた。光は波となって、闇の光蛇(コーダ)の横腹に一撃を与えた。ネガカラーの大蛇は、ぐるんとねじれ、吊り橋に向かって進みながら、こちらの崖にぶつかった。

アリゼのすぐ足下の崖に。

チェレスタの鍵盤を踏み台にして、全力で跳んだ。空中へ。谷底の雲海へ落ちる途中で、ネガカラーの怪物の上へ……。

身体がバウンドした。

光蛇(コーダ)は、光でできているが、濃密なヒッグス場によって、質量が与えられている。そしてアリゼの羽衣(はごろも)――カシミール帆布の着物は、ヒッグス場の影響を排除していた。光蛇(コーダ)の巨体にとって、実質的に、アリゼの体重はゼロ同然だ。

質量を持つ光子の生きものは、アリゼが乗ったことを知らず、動いた。

音速の大蛇の鎌首にまたがって、アリゼは飛んだ。声を上げないよう、奥歯がきしむほど口を閉じる。ここで悲鳴を上げたら、またこいつに襲われてしまう。が、そんな心配も一瞬だった。光蛇(コーダ)は吊り橋へ突進、結界にぶつかる。フロプトが目の前に。無我夢中で飛びついた。ころがる。手摺りをつかむ。星弓も。背中に痛みが走る。どこか打ったらしい。それどころじゃない。星弓を構える。いったん引き下がった闇の光蛇(コーダ)が再び向かってくる。弦を引こうとする。

——ああ、だめ。力が足りない！

アリゼの体力では、星弓はびくともしなかった。

絶望、そしてかすかな希望。弓を引けるひとは、ここにいる。

星弓を、フロプトに持たせる。背後から手を添(そ)えて、構えさせる。

——引いて、フロプト、お願い！　私のことを想って！

アリゼは心の中で叫んだ。——この手は私よ。わかって、フロプト！　私がねらうから、あなたが引いて！

フロプトの感覚で、生きているのは触覚だけだった。でも、弓を構えたとき、行動記憶がよみがえった。何百回、何千回も練習し、腕前を上げてきたのだ。今は、何をねらって、なぜ射つのかわからない。でも、動作はできる。

星弓を持たせるアリゼの手を、やさしい指をフロプトは感じた。

ペリフィリーメの指とはまったくちがう、その感触にフロプトは反応した。

弦を引く。いっぱいに。

光の矢が出現し、矢尻にヒッグス場が凝集した。

光蛇が吊り橋にぶつかる。

射た。零距離射撃。

闇の光蛇は砕け散った。

＊

世界がよみがえった。じつは、よみがえったのは自分が生きているという感覚の方なのだが、みんな、世界がよみがえったと感じた。

光が戻り、音が戻り、自分が戻ってきた――と。

そして、織姫と射手にとっては〝想い人〟が戻ってきてくれた、と。

アリゼはフロプトの顔や手足をさすり、名前を呼んだ。もう声を出して喋ってもよかった。

太陽の位置が変わり、祭りの時間は終わろうとしていた。光蛇の巣である銀色の雲の奔流は収まり、谷を包む銀の霧も晴れてきた。

フロプトは回復した。最初の言葉は「どうだった。命中した？」だったが、抱き合って無事を喜ぶにはまだ早かった。

虹の吊り橋が、ゆれていた。

吊り橋は、光蛇やヒッグス場を塞き止める結界だった。超自然的な力が谷の奥からかかることでぴんと張り詰め、安定していたが、その力が弱まってきたので、今度は結界そのものの反発力が吊り橋に作用していた。

不気味なゆれが、もう十分にくたびれた吊り橋を波打たせる。

足下にかすむ、奈落の谷。

アリゼは叫んだ。

「もうすぐ、切れるわ！　早くみんなを——」

射手の少年たちは、安全のため橋げたと巨木に命綱をつないでいたが、橋そのものが落ちるのを待つつもりはない。回復した者は元気のない者を抱えたり背負ったりして、巨木のバルコニーへ避難する。

ペリフィリーメはまだ蘇生する途中で、意識がなかった。フロプトが抱え、走る。狭い橋なので、中央部にいたアリゼやフロプトが、避難の最後尾になった。アリゼがバルコニーに着き、数歩遅れたフロプトへ手を貸そうとしたとき。

橋が落ちた。

数カ所で綱が切れ、道板がばらばらになり、ひらひらと宙を舞って、散る。

アリゼが悲鳴を上げた。フロプトが目の前からすとんと谷底へ消えたように見えたからだ。

が、間一髪、フロプトは手摺りの綱を縄梯子(なわばしご)にして、足をかけ、つかまっていた。命綱も無事で、フロプトの腰から、巨木の太い枝につながっていたし、射手の何人かが、用心してその綱を握っていてくれた。

しかし。

ペリフィリーメには、命綱がなかった。飛行用の翼を背中に畳んでいたが、気を失ったままだった。フロプトの力強い腕がしっかり腰に回されていなかったら、ペリフィリーメは落下し、翼を広げる間もなく、谷底に叩きつけられていただろう。

フロプトは慎重（しんちょう）に、バルコニーへよじ登ろうとした。

「うん……」とペリフィリーメは大きく息をした。天使のような寝顔に生気が戻り、フロプトの腕の中で、意識が回復した。

十年以上経（た）ってからフロプトは悟ることになるが、このとき——橋が落ちて、ペリフィリーメの意識が戻るまでの一、二分。運命の女神は全銀河の未来をフロプトの腕に預けていたのだった。

もし、橋と一緒にペリフィリーメが落ちていたら——それとも、フロプトがペリフィリーメを抱え上げずに、手を放していたら——。

秘祭に闖入（ちんにゅう）して、掟を破り、全員を死の一歩手前に追いやったこの少女を、フロプトやアリゼが見捨て、橋の上に置き去りにしていたならば——

銀河は、億単位の犠牲者を出さずにすんだかもしれない。

ペリフィリーメの背中の翼がばさっと広がり、激しく羽搏いた。次の瞬間、フロプトの腕を振りほどき、少女は天使の笑みを浮かべて、空中にあった。

少女の肩からカシミール帆布のケープが落ちてゆく。

運命の女神は、主導権を少女に返した。

突然に飛び離れた少女に「ペリフィリーメ！」と呼びかけたフロプトとアリゼの声は、海の方から響いてきた爆音にかき消された。

聞こえよがしの水素タービン音が少女の背後に轟(とどろ)きわたり、低空飛行で侵入してきた軍用輸送機が、フロプトの前に、ぬっと機首を現した。それは厚みのある翼を吸血鬼のマントのように曲げ、四発ファンジェットの排気を地表に向けて、ゆるゆると接近する。

機体の色は艶(つや)消しの黒で、その機首は闇の光蛇(コーダ)の鎌首を思わせた。

コクピットの上から一角獣の角のように突き出した給水プローブに、翼を広げたペリフィリーメは、ふわりと立った。白いドレス、襟元の碧い羽根。琥珀の髪と碧玉の瞳。その容姿は変わらなかったが、その立場は数瞬前とは異なっていた。

コクピットの左右の旗竿(はたざお)には、彼女を威厳づける小旗がはためく。

三つ首の、黄金の竜の旗。銀河最強の軍事力を誇る複合国家《連邦(ユニオネア)》の大統領家の家紋だ。

少女の足下では天測ドームのハッチが開き、精悍(せいかん)な士官が半身を乗り出していた。

「お嬢さま——お怪我(けが)はありませんか！」

非公式で中立国カレリアに表敬訪問中の、七歳の権力者は、忠実な部下——彼女の専用航宙ヨット〈ユリア・ドムーナ〉の艦長に答えた。

「大丈夫よ、ズムウォルト艦長。どうか心配なさらないで。このとおり、何事もありません。楽しい観光でした」

心配するなと言っても、士官の顔色を見れば、無理だとわかる。

「御伴すべきでした、本官も」

「いいえ」少女はやさしくたしなめた。「わたくし一人ですから、カレリア共和国政府は国際問題にできないのです。もしあなたが同行していたら、あなただけが処分の対象になってしまいますからね。……それにしても、すみやかな出迎え、感謝します」

ズムウォルトは恐縮した。

「ご下命の刻限よりも早くお迎えに上がりましたこと、お許し下さい。カレリア共和国政府より、ポホヨラ宮の晩餐会にどうかご臨席たまわりたいと、再三再四、熱心な案内を受信しております。カレリア航宙軍のギムレイ提督からも、ぜひにと」

「あら、それは予定にない行事ですわね。共和国政府は、一刻も早く、わたくしをこの谷から遠ざけたいのでしょう……。喜んでご招待をお受けします、とお伝えください」

ズムウォルトに命じながら、空を仰ぐ。晴れゆく高空にひとつ、ふたつと動く小さな点――カレリア航宙軍の巡洋艦〈ソルヴェイク〉と〈シンネーベ〉を見つける。ギムレイ提督はあの二隻の偵察用カメラを通して、低軌道からこちらを監視しているだろう。少女は明るく手を振った。油断なく、かつ友好的な振る舞いは、外交を有利にする。

巨木のバルコニーでは、織姫や射手たちが、唖然（あぜん）として見つめていた。彼女は優雅に、この星の先住民にも手を振って別れを告げた。

機内に降りるとすぐ、彼女は携帯端末で、一般的な歴史資料を検索した。

項目は〝サイバーペスト〟――およそ九百年前に人類の電子文明を壊滅寸前に追い込んだと伝えられる、史上最強の電脳ウイルスに関する研究文献（ぶんけん）を。

データリストを一瞥（いちべつ）した彼女に、ズムウォルトが控（ひか）え目に問いかけた。

「何か、いいことがあったのですか」

「それは、秘密」彼女は悪戯（いたずら）っぽく、艦長に笑顔を向けた。「わたくしだけの、ね。……だって、誇り高い織姫と約束したんですもの」

彼女は思い出していた。自分自身の臨終の吐息を聞いたことを。あれは、心底から震え上がるほど、美しい笛の音だった。

轟然（ごうぜん）と上昇する《連邦》の軍用輸送機は、彼らの母船〈ユリア・ドムーナ〉に向かいつつ、カレリア航宙艦隊の〈ソルヴェイク〉と〈シンネーベ〉へ、レーザー発光信号を送った。

『当機のコードネームは〝七力王（セブン・フォース・ワン）〟である』そして先程までペリフィリーメと称していた少女の、本名を宣言した。『当機は、《連邦》大統領第三息女であり《連邦》第七艦隊司令長官、ジルーネ・ワイバー嬢の座乗機である。貴国との諸条約にもとづくジルーネ嬢の外交特権は、本機に帰属している。本機の進路の安全を確保されたし！』

＊

祭りは終わった。

星弓は光子廟へ奉還され、ホルンは射手の手に戻った。

狼谷の谷底。虹族の村では、今年の光響祭の後夜祭が、織姫と射手の無事を祝う祭りとなった。村の大人たちは、子供たちが命の危険にさらされたときに何もできなかったことを悔やんだが、たとえその場にいたとしても、相手が闇の光蛇では、抵抗する術はなかっただろう。

後夜祭の最中から、谷底の河では、固体光子や液体光子の収穫が進んでいた。射手が射落とした光蛇は、冷たくない光の雪となって谷底に積もり、凍ったり、溶けたりしている。相転移した太古の光子が、ここでは、重さも大きさもあるエネルギー物質として、採取することができるのだ。

固体の光子や液体の光子――それは神秘的な手法で精製され、鏡とクリスタルの特別な容れ物に収められて、限られた人しか知らないルートに乗って、銀河各所の星系国家へと運ばれていく。

それはいずれ、超光速で宇宙を渡る航宙船の質量変換炉に装塡する特殊燃料として、使われることになる。航宙船がヒッグス場を押しのけて疾走するとき、そしてこの宇宙に重なって存在する、質量のない単光子の世界――俗に〝亜空間〟と呼ばれる世界を貫いて飛ぶとき、その原動力に太古の光子の斥力が応用されていることを知る人は少ない。

村の外れの占い場では、アリゼが古老のお婆ちゃんと話をしていた。

アリゼは訊ねていた。

「どうして、あのとき……私だけが生き返れたのかしら。私の中に生まれた鼓動……私のような、私でないような心臓の音」

「さては て……」お婆ちゃんは勿体をつけて、思い出し笑いをした。「めずらしい話じゃて。昔むかし、昔話でちょいと耳にはさんだことはあるけんどな」

アリゼは身を乗り出し、耳を澄ます。

「つまりじゃな。たいへんな昔に、たいへん気難しい哲学の爺さまが言うたことにゃ、あたしらの現世は、三つのもの――叡知、光、力が支配しとるとな。その爺さまはこうも言うた。しかしさらにもうひとつ、もっと強い、第四の〝……〟があるんじゃと」

どうもこれは、前置きがたいへん長くなりそうだ。アリゼはせかし気味に言った。

「第四は〝愛〟ね。それはわかる、けど……」

「そうじゃわ。その〝愛〟ちゅうもんは、じつはあんまり口に出して言うたらいかんと、そういう掟なんじゃわ。口に出して言うたら言うだけ、値打ちが落ちていくんじゃと。何でかと言うたら、ないときに、無の中にひょこんと生まれるものが〝愛〟じゃからとな」

「それじゃ、あのとき、何もない無の闇から聞こえた心臓の音は……」

「まあ早い話が――」占いのお婆ちゃんは、若者のせっかちさを心得ているとみえて、さっさと理論説明を省き、速答した。「アリゼとフロプトの愛の結晶。お腹にできる御子の心臓の予定音じゃわな」

アリゼは真っ赤になって反駁した。「でも……でも、私、フロプトとは何もなかった——あの夜も」

「〝愛〟ちゅうのはそういうもんじゃて。人生っちゅう、ひとつの波がうねる中で、何か大事なもんが欠けて、ぽかっと波の一部が〝無〟になったとき、いちいち説明せんでも現れてきて、欠けたものを埋めてくれるんじゃ」

「でも——」アリゼはまだ不思議そうな顔をした。「何も原因がないのに」

「あるわな、アリゼ。あんたは、最初にあたしが、第四の何とか言うたときに、それは〝愛〟だと聞き取ったじゃろ。あたしは、何も言うとらんよ。口をもごもごさせただけじゃ。それでも聞こえたじゃろ」

——そういえば……そうか、とアリゼは思い当たった。

「〝愛〟って聞こえたような気がした……」

「そう聞いていたのじゃ。聞こえていなかったが、その〝無〟を補って、あんたは意味をつないだ。だれにでも、よくあることじゃよ。音楽の途中に少しの間、雑音が入って、聞き取れないときがあっても、気づかずに、頭ん中で補って聞いている、ちゅうことがな。音の修復というものじゃ」

「それって、幻聴なの？　私は、いつか私の中に宿る未来の赤ちゃんの鼓動を、勝手に頭の中でつくり出して聞いたというの？」

「確かに、幻の鼓動じゃ。しかし幻に終わるじゃろうか？　アリゼとフロプトの二人が一緒になる運命じゃったら、幻じゃなかろう。いずれあるべきものが、いちばん必要なときに、予定された時間より、幾らか早く、その一部分だけやってきたってことじゃな。あたしが航宙船に乗っていたときにゃ、そういうことを光子の〝トンネル効果〟っちゅうて、亜空間を突き抜けるたびに使っとったから、まあ、よくあることじゃて」

「それが運命だったら……」

アリゼは、不思議な嬉しさといとおしさを込めて繰り返した。お婆ちゃんは言った。

「アリゼや、あんたはそのとき、〝無〟に勝ったのじゃよ」

「まさか……」

「そう考えなされ。そう考えるのも、よいことじゃて」

問答は終わった。老婆が黙って囲炉裏の灰をかき混ぜ始めたのは、占いのご託宣がおしまいになったしるしだった。でも、アリゼは占い場を出るときに、ひとつの不安を感じて、振り向き、たくさんの過去と、ちょっぴりの未来でできた人間に訊ねた。

「私たち、いろんなものを、これからも失います。フロプトは心眼を失いました。私も、そろそろ失いかけてます……。大人になるって、失うことなんですか？」

お婆ちゃんは答えた。
「与え方を知ることでもあるのだよ」

完

補遺――ペリペティア事件を0とした、各物語の成立年代

数千年前

天象儀ツァイス26号機の消失――『天象儀の星』
人類の火星開拓。電脳ウイルス・サイバーペスト出現。
MADAによる最後の火星移民。――『ファイアストーム』
地球上にメルティング・シティ繁栄。――『まじりけのない光』
初期の亜光速保存船、出奔(しゅっぽん)する。
亜空間跳躍航法の獲得(かくとく)。人類の銀河への拡散。
恒星間戦争と芸術作品の散逸。全能帰化植物〝春紫苑(ハルシオン)〟の変異始まる。
銀河美術館の確立期。――『ミューズの額縁』
虚構による現実の擬似補完理論、秘密裏に実験。地球の存在、忘れられる。
ヒルディアナ・グリューネヴァルト、未開の星々へ種蒔(たねま)きを始める。
惑星ラストリーフへの、人類の到達。

約一千年前

移動性の二重ブラックホール、銀河に回廊を穿つ。
フォークト大帝による惑星ペリペティアの発見と、銀河統一。
サイバーペスト大流行。星間航行の途絶。統一の崩壊。
中世的暗黒時代。――『王女さまの砂糖菓子』の民話成立。

数百年前	星間航行の復活。小王国の乱立。帝星カプット・ムンディの興亡（こうぼう）。
	吟遊歌人アラン・ミラー消息を断つ。
	惑星ラストリーフの異変。――『ラストリーフの伝説』
百数十年前	ロボット・パーサーカー軍団ナパージの台頭。
	リバティ・ランドの戦い。――『リバティ・ランドの鐘』
	ワイバー家、銀河美術館にて《連邦》の支配権力を掌握。
	辺境国家の市民戦争。トランクィル廃帝政体の成立。
数十年前	義勇海賊ラフィットの活躍。
十数年前	惑星トゥリアの反乱。――『プリンセスの義勇海賊［準備中］』
	《連邦》大統領第三息女ジルーネ・ワイバー誕生。出生の秘密を封印。
0	ペリペティア事件――『ペリペティアの福音（上・中・下）』
数カ月後	ジルーネの各国歴訪。――『光響祭』
五年後	葡萄（ぶどう）園会議の開催。――『葡萄園のフレン［仮題・準備中］』
八〜九年後	ザントヴィーケ事件。――『吹け、南の風［準備中］』
十年後	無邪気な戦争（シリー・ウォーズ）勃発。《連邦》の大攻勢。
	戦乱の拡大。――『シリー・ウォーズ正史／外史［題未定・準備中］』
	アキヤマによる民話・伝説の蒐集作業。

あとがき

プラネタリウムの星空を初めて見たのはいつのことか、よく憶(おぼ)えていない。

中学生のころか、小学生のころか、もっと前だったのか……。

ドームに映された美しい星空に劇的に感動したり、プラネタリアンの解説に運命的な啓示を受けた印象もない。取り立てて熱心な天文ファンでもなかったので、どちらかといえば、ぼんやりとながめているうちに、とろとろしてくる居眠り派だったようだ。

それでも二、三年に一度、足を運んでしまう。普段は忘れているけれど、何かのきっかけで思い出すと、行ってしまう。天文のお勉強でもなく、昼寝をするつもりでもなく、つまり、かなり目的不明瞭なまま、ふと、そこに行って、立ち止まり、見上げてしまうという場所なのだ。

投影を待つ間、なぜか昼の空を思い出す。子供のころ、白詰草(しろつめくさ)の茂みに寝ころんで見た、春の空だ。周りに何もなく、寝ころぶと空しか見えない。平凡な青い空、白い雲。草のにおい、ひんやりした感触。背中に地球を背負って、空に向き合う。天と地の間にほどよいくぼみがあって、そこに自分がすっぽりとはまり込んでいるような、心地よさ。そんな心地よさが、プラネタリウムにはあるのだろう。仮に、あのドームを母の胎内(たいない)にたとえ、めぐり輝く天体を子宮の音楽にたとえることはたやすいが、それだけではないような気がする。

プラネタリウムは光の器械だ。昔から光の器械には、エレガントな名前がついている。写真機、幻灯機、映写機、走馬灯、誘蛾灯、懐中電灯、望遠鏡、顕微鏡、万華鏡——そして天象儀。装置のメカニズムを直截的に表現した文字ではない。もし実物を見たことのない人——たとえば異星人が、漢字の名称だけを見たときに、どんな仕組みの装置を想像するだろう。とてもファンタジックなものを思い浮かべはしないだろうか？　これらの名称には、これらの装置の心地よさに魅せられた昔の人々の魔法がかけられているのかもしれない。

＊

そんなことを思いながら、本書をまとめることができました。朝日ソノラマの太田和夫氏、幻想的な挿し絵をいただいた草彅琢仁先生、〝創作ジム〟の恩師・森下一仁先生、編集長はじめ関係者の皆様、そして本書をお読み下さったあなたに、心から感謝いたします。

本書のご感想など、お待ちしています。ソノラマ文庫編集部気付でお送りください。

友人M氏によるホームページは http://home9.highway.ne.jp/asm_01/top.htm です。

渋谷・五島プラネタリウムにて、去りゆくツァイスⅣ型一号機に愛惜の拍手を送りつつ。

西暦二〇〇一年三月十一日

秋山完

初出

天象儀の星　小説誌《グリフォン》1993年夏号“創作ジム”掲載作を加筆修正

まじりけのない光　小説誌《グリフォン》1993年春号“創作ジム”掲載作を加筆修正

ミューズの額縁　第18回ハヤカワ・SFコンテスト(1992年)佳作入選作を加筆修正

王女さまの砂糖菓子(アルフェロア)　小説誌《グリフォン》1994年冬号掲載作を加筆修正

光響祭　文庫のための書き下ろし

ソノラマ文庫〈902〉

天象儀(てんしょうぎ)の星(ほし)

☆この本をお読みになっての感想や著者・イラストレーターへのお便りは
ソノラマ文庫編集部気付か、ソノラマ文庫のホームページまでお送り下さい。

落丁本，乱丁本はお
とりかえいたします

2001年3月31日　第1刷発行

著　者　秋山　完

発行人　君島志郎
発行所　株式会社　朝日ソノラマ
東京都中央区銀座6－11－7
オリコミビル（〒104-0061）
振替番号　00120－6－40311
電話番号　03－3572－3180～2
ホームページURL
http：//www.asahisonorama.co.jp
印刷製本　図書印刷株式会社

ISBN4-257-76902-5　Printed in Japan

ラストリーフの伝説

A Memory of Last Leaf

秋山完

イラスト　弘司

　惑星ラストリーフの冬の草原で、羊飼いのアイルは一人の少女・フェンを助けた。最初は固く心を閉ざしていたフェンも、草原に生い茂るハルシオンの香りと呆れるくらいお人好しのアイルに、徐々にその心を開いていく。そんなある日、惑星全土を巻き込んだ、恐ろしい災厄が訪れた！　大型新人の長編デビュー作!!